사장 할랬는데
또 직원이 됐어

나의오늘 004

사장 할랬는데 또 직원이 됐어

초판 1쇄 발행 2021년 7월 15일

지은이 김여나 (퀸스드림)
편집인 옥기종
발행인 송현옥
펴낸곳 도서출판 더블:엔
출판등록 2011년 3월 16일 제2011-000014호

주소 서울시 강서구 마곡서1로 132, 301-901
전화 070_4306_9802
팩스 0505_137_7474
이메일 double_en@naver.com

ISBN 979-11-91382-04-4 (03810) 종이책
ISBN 979-11-91382-54-9 (05810) 전자책

나의 오늘

E.S.S.A.Y 004

사장할랬는데 또 직원이 됐어

◆

김여나 (퀸스드림) 지음

더블:엔

{나의오늘} 시리즈를 편집하며...

평범하게 보통의 삶을 살고 있는 많은 '나'에 관한 글을 시리즈로 출간하고 있습니다. 평범해 보이는 삶도 가만 들여다 보면 모두 특별하고 소중하기 마련입니다. 친근한 우리네 옆집 언니 동생들의 이야기를 사부작사부작 풀어내고 싶었습니다. (남동생, 오빠들 이야기도 환영합니다)
책을 만들며 편집자는 생각보다 더 큰 위로를 받고 있습니다. 이 시리즈 시작하길 정말 잘했네요.
작은 출판사 더블엔과 잘 어울리는 {나의오늘}은 이렇게 출발했습니다.

첫 책은, 별일 없는 게 별일인 전직 기자 김수정 작가의 소소한 일상 에세이 《나는 나와 사이가 좋다》입니다. 이어 휴직 중인 수학교사 김해연 작가의 육아분투기+발레예찬기 《아이 앞에서는 핸드폰 안 하려구요》, 버스에 치여 온몸이 골절된 31살 취업준비생 채원 작가의 마음 재활 에세이 《이왕 살아난 거 잘 살아보기로 했다》를 출간했습니다.

이번 책은 5년의 경력공백을 무사히 지나 다시 회사로 돌아온 김여나 작가의 《사장 할뻔했는데 또 직원이 됐어》입니다. 코로나 터지기 바로 전에 창업할 뻔했는데 신의 계획이 다 있으셨나 봅니다. 멋있는 사장님의 어록을 읽는 재미와 엄마로서의 고군분투 일상 이야기가 재밌게 섞여 있어 편집하는 내내 다음 내용이 궁금했습니다. (왜 매번 읽을 때마다 새롭게 느껴지면서 궁금한지 아이러니합니다)

두 아이와 제주살이를 시작한 엄마의 도시적 제주생활 이야기(이번에 아빠가 휴직하고 내려온다고 해요!), 여행작가에서 웹소설 작가로 변신한 엄마여행자의 이야기 등이 계속해서 출간될 예정입니다. 두근두근 기다려주세요.
늘 귀엽고 사랑스러운 일러스트와 손글씨를 보여주시는, 제주에 계신 르방이 작가님, 멋진 북디자인 해주시는 빛깔올리비아 님 덕분에 책이 더 이뻐집니다. 독자의 마음으로 감사드립니다.
충실히 하루를 살아내는 우리 모두에게 토닥토닥 위로를 건네는 (나의오늘) 시리즈의 필독을 여러분께 권해봅니다.
- 편집장 송현옥

까칠했던 골드미스,
회사로 돌아오다

. . . . . .

　나는 김비서다. 드라마에 나오는 여주인공처럼 예쁘고 어린 비서도 아니고, 젊은 사장님을 모시며 로맨스를 꿈꾸는 그런 나이도 아닌 그냥 40대 중반의 아줌마 비서다. 60대 후반의 사장님은 어찌 보면 딱히 비서가 필요 없을 정도로 본인의 일을 스스로 다 알아서 잘하신다. 단지 다리가 불편한 것 외에는 일반인보다 더 활발하게 움직이고, 더 많은 일들을 처리하신다.

　대학원을 졸업하고 지금의 회사에 들어와서 해외무역 업무와 비서 업무를 8년 동안 했다. 그리고 결혼하고 아이 낳으면서 자연스럽게 일을 그만둘 수밖에 없었다. 그 후 5년.

나는 말로만 듣던 경력단절 여성이 되어서 육아에 전념했다. 처음에는 선물같은 시간이었는데, 기간이 길어지니 더 이상 선물같이 느껴지지 않았다. 다시 일이 하고 싶었다.

감사하게도 그때 사장님께서 먼저 연락을 주셨다. 다시 일하고 싶은 마음은 굴뚝같았지만 막상 9 to 6의 일을 하려니 아이가 걸렸다. 어린 아이를 두고 나간다는 게 쉽지 않았다. 그래서 거절해놓고는 '다시 갈 걸 그랬나?' 하는 양가 감정에 한동안 힘들었다.

육아를 하면서 할 수 있는 일들을 찾기 시작했다. 일본어 과외도 해보고, 인터넷 쇼핑몰도 해보고, 책도 쓰고 강의도 해봤다. 딱히 망한 것도 없었지만 그렇다고 성공한 것도 없었다. 아마 경력단절 여성들이 도전해봤을 만한 일들을 한 번씩 건드려본 것 같다. 핑계겠지만 육아와 일을 병행하는 것은 말처럼 쉽지 않았다.

오랜 방황 끝에 드디어 내가 하고 싶은 일을 발견했다. 나는 앞으로 계속 책을 쓰고, 강의를 하고, 나와 비슷한 경력단절 여성들을 위한 커리어 코칭을 하리라 마음먹었다. 여성벤처에 도전해서 사업 자금도 받았고, 오랫동안 공부해서 코치 자격을 갖췄고, 새해에는 작게라도 나의 사업을 시작하리라 굳은 다짐을 했다. 그런데 신은 나와 반대 계획을 가지고 있었나 보다.

코로나 사태가 일어나기 몇달 전이었다. 나는 새해에 커리어 코치로서 경력단절 여성들을 위한 전문 코칭센터를 오픈할 생각이었다. 자격도 갖추고 그 분야의 사람들과 연을 만들어나가고 있었다. 그런데 모든 상황이 나를 다시 회사로 내몰았다. 물론 돈의 역할이 가장 컸다. 내가 벌지 않으면 안 되는 상황이 또 발생했다. 울면서 선택한 길이 었지만 오히려 전화위복이 되었다. 예상하지 못했던 코로나로 인해 소상공인 뿐만 아니라 강사, 프리랜서, 대학교수들도 힘든 상황을 겪어야만 했다. 만약 내가 고집을 피워 강남에 사무실을 오픈했다면 나는 지금 빚에 허덕이고 있었을 것이다. 사람들을 모을 수가 없는 데다, 아무것도 하지 않아도 고정비로 큰돈이 나가는 상황에 분명 또 힘든 시간을 보내고 있을 것이었다.

정말 인생을 잘 모르겠다. 잘못된 선택이 아닐까 생각했는데 신의 한 수가 되었다. 내가 그렇게 원하던 길이었고, 진짜 가고 싶었던 그 길에서 방향을 틀었지만 지금 훨씬 더 좋은 결과들을 보고 있다.

개인적인 사정이 생기면서, 그 시기에 어쩜 운명의 장난처럼 사장님의 호출이 있었다. '나의 꿈을 이룰 것이냐' '다시 회사로 갈 것이냐' 라는 남들이 보면 배부른 고민에 빠졌다. 돈 때문에 회사를 선택할 수밖에 없는 상황이 힘들었다. 한 번 그만뒀던 회사에 다시 들어가는 것도 그렇고, 5년간의 공백은 나를 움츠러들게 했다. 이름을 부르며 친하게 지냈던 남자 동료들은 이미 최고관리직으로 올라갔고, 나만 5년 전의 그 모습으로 다시 돌아갔다. 아무도 주지 않는 눈치를 혼자 보면서 나의 재취업기가 시작되었다.

코로나로 인해 힘들어진 시기에 창업을 하지 않은 건 정말 다행이었다. 그리고 신기하게도 직장생활이 쉬워졌다! 업무가 쉽다는 말은 결코 아니다. 말 그대로 사회생활이 달라진 것이다.

그동안 내게 무슨 일이 있었던 것일까?

곰곰이 생각해보니 애 키우고 살림했던 모든 경험들과 아줌마 근성이 나의 회사생활을 슬기롭게 만들어주고 있었다. 예전에도 분명 사장님은 나에게 좋은 말씀을 많이 해주셨다. 그때는 썩 와닿지 않았었다. 그런데 5년의 공백을 두고 다시 그 말씀들을 들으니 나만 알고 있기 너무 아깝다는 생각이 들었다. 물론 많은 자기계발서에 나오는 이야기들과 겹치는 부분도 있지만, 직접 경험으로 터득한 노하우에서 나온 이야기는 책으로 읽는 것과는 다른 차이가 있었다. 그래서 하나씩 주워 담기 시작했고, 나의 생각과 함께 글로 정리해보기로 했다.

아줌마 근성으로 다시 시작한 재취업기와 주워 담은 사장님의 어록들, 그리고 육아를 하며 성숙된 내 모습이 누군가에게 도움이 되길 바란다.

특히 지금 늘어난 티셔츠에 화장기 없는 얼굴로 아이를 업고 있으며 지금 이게 무언가… 내 삶은 다시 애 낳기 전으로 돌아갈 수 없는 것인가… 생각하는 분들에게는 내가 해줄 말이 많을 것 같다. 당신이 업고 있는 아이가 당신을 일터로 내보낼 것이며(나처럼), 힘들었던 육아의 시간들,

당신이 업고 있는 아이가
당신을 일터로 내보낼것이며 (나처럼)
힘들었던 육아의 시간들
아이와 함께 울었던 시간들
아이 덕분에 늘어나게된 인내심 덕분에
분명 다시 일을 할수 있게 될것이다

아이와 함께 웃고 울었던 시간들, 아이 덕분에 늘어나게 된 인내심 덕분에 분명 다시 일을 할 수 있게 될 것이다. 몸 매가 이전으로 돌아가는 것은 보장할 수 없지만, 다시 화 장을 하고, 예쁜 옷으로 커버할 능력을 갖추게 될 터이니 지금 그 아이와 충분히 씨름하길 바란다. 그 씨름이 당신 을 선수로 만들어줄 것이다. 나처럼.^^

차 례

1
사장님에게 또,
배웁니다

2
아이와 함께 자라는 엄마입니다

3
오늘도, 캔디처럼
살기로 했다

1

사장님에게 또,
배웁니다

재미있게 살자! 인생 뭐 있니?

나는 늘 심각했다. 정확하게 딱딱 맞아들어가는 것을 좋아했다. 내가 그린 큰 그림을 벗어나면 견딜 수 없이 싫었다. 그냥 그렇게 사는 게 잘 사는 것이고 그게 맞다고 생각했다. 그리고 그때 나의 일이 그랬었다.

일본과의 연락을 주로 담당했던 나는 일본인의 사고방식과 잘 맞았다. 뭐든지 원리원칙주의였고, 철저하게 프로의식이 요구되는 것을 좋아했다. 해외무역 업무는 사고가 나지 않도록 몇 번의 점검과 확인사살을 해야 했다. 제시간에 물건이 제대로 도착하지 않으면 모든 것이 어긋났다. 예를 들어 A항구로 보내야 할 것을 포워딩 업체랑 커뮤니

케이션이 잘못되어 B항구로 갈 경우, 다시 A로 옮겨야 하는 비용이 발생하고 예약해놨던 배 스케줄은 딜레이되며, 그로 인한 고객 컴플레인을 처리해야 하는 등 차례차례 다가올 문젯거리들이 있기 때문에 실수를 하면 안 되었고, 항상 긴장하며 확인하고 또 확인하는 작업을 했었다.

일을 오래 하다 보면 융통성이 생겨 이 방법이 안 되면 저 방법으로 해볼 법도 한데 그때는 아니었다. 워낙 많은 물건들이 한꺼번에 출고가 되었고 사람이 하는 일이라 사고가 날 확률도 높아서 나는 항상 도끼눈을 뜨고 있었다. 협상이라는 이름하에 가격을 깎아달라는 압박을 비롯하여 우리가 원하는 것들을 전달해야 했기 때문에, 어떻게 하면 상대의 실수나 약점을 잡을 것인가 신경을 곤두세우고 있었다. 늘 누군가와 싸웠다. 아무도 나에게 쌈닭의 역할을 요구하지 않았는데, 나 스스로가 쌈닭이 되었다.

지금 보면 일 못하는 사람의 전형적인 모습인데, 그때는 그렇게 해야 일을 잘하는 사람이고, 내 일에 프로의식을 가지고 열심히 사는 사람인 것 같았다.

인상은 차가웠고, 사람들과의 사이에 벽을 쳤다. 나 자신이 실수하는 것을 가장 용납하지 못했으며 누군가가 실수하는 것도 너그러이 봐주지 못했다. 그런 나에게 사장님은 웃으며 말씀하시곤 했다.

"인생 뭐 있냐? 재미있게 좀 살자!"

나는 그 말이 "너 일 좀 잘해!"로 들렸다. 장난끼 가득한 말투로 말을 해도 나 혼자 심각했다. '도대체 사장님은 뭐가 그렇게 즐거운 거지? 지금 웃음이 나올 때가 아닌데….'

아무리 사장님이라 해도 항상 좋은 일만 있는 것은 아니다. 일반 사람들보다 몸도 불편해서 억울한 일도 많으실 텐데, 한 회사를 경영하며, 300명 가까이 되는 사람들을 책임지고 있으니 나보다 심각한 일이 더 많을 것이다. 하지만 늘 웃는 얼굴로, 나에게 인생을 즐기라는 이야기를 자주 해주셨다. 5년의 경력단절 시간을 보내고 다시 돌아온 나는 사장님께 그 말을 또 들었다.

사장님의 사정은 예나 지금이나 비슷했다. 여전히 몸은 불편하시고(목발에서 휠체어로 업그레이드 되었다), 여전히 책임져야 할 사람들은 많다. 게다가 코로나 상황까지…

IMF 때보다 더 힘든 지금 이 시기에도 나에게 똑같은 말씀을 해주신다.

"인생 뭐 있냐? 재미있게 좀 살자!"

그런데 이제야 그 뜻을 알 것 같다. 일이란 건 온몸에 힘을 줄수록 되지 않는다. 나 혼자 심각해서 인상쓰고 돌아다녀봤자 일이 해결되지도 않는다. 인상쓰고 다니면 관계도 어려워져서 될 일도 안 되는 경우가 많다. 그때는 그걸 몰랐다. 내 일이 힘들고, 지금 내가 힘들다는 걸 누가 좀 알아줬으면 좋겠고, 그래서 힘든 티를 팍팍 내면서도 꾸준하게 하는 게 일을 잘하는 것인 줄 알았다.

지금의 나는 많이 달라졌다. 사람들 말로는 아이 낳고 착해졌다고 한다. 아이를 키우며 깨달았다. 내 뜻대로 안 되는 일이 더 많다는 것을 말이다. 문제가 생겼을 때 힘으로 풀려고 하면 절대 풀리지 않는다는 것, 오히려 부드럽게 다가갔을 때 의외로 쉽게 풀린다는 것도 알게 되었다.

육아는 해외무역보다 더 어려웠다. 처음에는 언어교환이 안 돼서 소통의 어려움을 느꼈고, 좀 익숙해졌나 싶어도 매번 실수하고 실패했다. 서로의 언어를 인식하고 알아 듣게 되니 그때부터는 아이가 내 말을 듣지 않았고, 나 또한 아이의 말을 듣지 않았다. 아이와의 일상은 계획과 예상에서 빗나가기 일쑤였다. 정해진 틀, 계획된 시스템에 맞춰 살았던 나에게 멘붕의 시간들이었다. 8년차가 되어서야 많이 내려놓을 수 있게 되었다.

처음부터 정해진 틀이라는 것은 없으니, 그때 그 상황에 가장 알맞은 선택을 하는 것이 옳다. 그 누구라도 경험해보지 못한 것은 실패와 실수를 할 수 있다. 그것을 인정하고 많은 욕심들을 내려놓으면 그때부터 인생의 재미를 알게 된다.

생각대로 되지 않는 일에서 생각지도 못한 일들을 경험해보는 게 꼭 불안하고 초초한 것만은 아니었다. 그 안에서도 충분히 재미있고, 즐길 수 있는 일들이 많다는 것을 육아를 통해서 배웠다.

재미있게 산다는 것은 무엇일까?

나는 그것을 즐길 줄 아는 것이라고 정의했다. 즐길 줄 아는 사람과 모르는 사람은 극과 극의 삶을 사는 사람이다. 어려운 문제가 있을 때 그 문제 자체를 즐기는 것이다. 물론 그렇게 되기까지 내공이 필요하다. 육아를 5년 이상 해본 사람이라면 그 내공이 어느 정도 몸 깊숙하게 박힌 사람이라고 생각한다.

육아 5년이면 결혼생활이 6~7년 정도 된 사람들인데, 그 시간들을 견뎌온 사람이라면 수많은 경험을 통해서 내공이 생겼을 것이다. 시월드라는 새로운 사람들과의 관계, 나를 다시 태어나고 싶게 만드는 남편과의 관계, 그리고 일상을 자주 뒤흔들어놓는 육아를 하면서 울고 웃었던 그 시간들을 겪은 사람이라면 이젠 내공의 세계에서 하산해도 되지 않을까 싶다.

해병대를 제대한 사람들은 "해병대도 다녀왔는데, 이쯤이야…" 하면서 어려움을 극복한다고 한다. 육아 8년차가 되는 지금 어떤 일이 생겨도 이쯤이야… 하며 문제를 즐길 수 있게 되었다. 사장님은 회사 경영한 지 30년이 넘으셨고, 인생을 살아온 게 70년이 다 되어가시니 웬만한 힘든

"인생 뭐 있냐? 재미있게 좀 살자!"는
"너 일 좀 잘해!" 라는 말이 아니었어!!!

풍파는 다 견뎌오셨다. 그랬기 때문에 하실 수 있는 말인 것 같다.

　온몸에 힘 주고 심각하게 일해봤자 나만 손해다. 오히려 문제는 꼬이고, 사람들과의 관계는 나빠지고, 제풀에 지쳐서 쓰러질지도 모른다. 요즘 신입들 일하는 거 보면 예전의 내 모습이 보인다.

　나도 그들에게 말해주고 싶다.

　재미있게 살자! 인생 뭐 있니?

　재미있게 일하고, 재미있게 즐기고! 재미있게 사는 게 남는 거야!

(공부하지 않으면 변하지 않는다)

아침에 출근하면 사장님이 늘 먼저 와계신다. 30년을 한결같이 7시 반이면 출근하신다. 나도 사장님 시간에 맞춰서 출근하고 싶지만 아침에 일어나 아이를 친정에 맡기고 나오면 도저히 그 시간에 맞추기가 쉽지 않다.

나의 기상시각은 5시. 눈 비비고 일어나서 아침 루틴(성경을 읽고 책을 읽고 매일 글도 쓴다)을 돌고 6시 45분쯤 아이와 함께 출근한다. 눈도 못 뜨는 아이를 안거나 업고 양 어깨에 아이 가방 내 가방 메고 어떤 날은 여분의 준비물 가방까지 어깨에 메고 나갈 때면 내게 부여된 인생의 짐이 너무 무겁게만 느껴질 때도 있다.

그렇게 운전을 해서 친정집에 도착해 아이를 맡기고 지하철로 출근한다. 지하철을 타면서 스마트폰은 잠시 가방에 넣어둔다. 손에 들고 있다 보면 계속 빠져들 수밖에 없는 요괴한 물건이기에 잽싸게 가방 안에 넣고 책을 펼쳐든다. 차를 놓고 뚜벅이를 자청하는 이유다. 지하철은 유일하게 내가 방해받지 않고, 편안하게 책을 읽을 수 있는 시간이자 공간이다. 출근시간대의 지하철은 늘 복잡하고 사람들에게 떠밀려 다닌다. 전에는 이런 상황 자체가 스트레스였는데, 5년간의 경력단절을 겪어본 나는 이제 이렇게 다닐 수 있다는 것에 감사하다.

옷을 입고 화장을 하고 나갈 수 있는 곳이 매일 있다는 사실이 감사하다. 요즘 같이 코로나19로 모두가 힘든 때, 급여 나오는 곳이 있다는 사실만으로 얼마나 감사한지 모르겠다. 사소한 것에 감사할 줄 아는 나의 감정과 태도도 바뀌었지만, 나의 패션 또한 많이 바뀌었다. 예전의 나는 패션 피플이었다. 머리끝에서 발끝까지, 마무리로 가방까지 신경 쓰고 나갔는데, 이제는 바뀌었다.

우선 신발은 편한 걸로 바꾸었고, 가방은 배낭이다. 멋스러움보다는 편리함과 실용성을 따지게 되었다. 힐을 신고 20kg 다 되는 아이를 아침에 데리고 온다는 자체가 이미 피곤하다. 화려한 직장인들 사이에 주눅이 들기는커녕 이제는 그런 모습이 내게 중요하지 않기 때문에, 선남선녀 사이에 내가 껴 있다는 것만으로도 감사하다.

그렇게 떠밀려 사무실에 들어오면 사장님이 이미 와계신다. 아침에 아무리 힘들었어도, 그 전날 아무리 우울한 일이 있었어도 사장님 문 앞에서는 나 또한 표정 바꾸고 활짝 웃는 얼굴로 "오하요 고자이마스!!!" 하며 프로의 모습을 보이려고 한다. 사장님은 늘 핸드폰 어플로 영어 공부를 하고 계신다. 내가 이 회사에 처음 들어온 14년 전에도 같은 모습이었다. 사장님이 자주 하시는 말씀이다.

"나이 들어서 꼭 해야 하는 게 뭔지 아니? 바로 공부하는 거야. 공부는 죽을 때까지 하는 거란다. 공부하지 않으면 사람이 변하지 않아."

다국적 회사를 30년 넘게 경영하신 사장님답게 영어 일본어를 완벽하게 구사하고, 간단한 회화까지 더하면 중국어, 스페인어 등 몇 개 국어를 하시는 사장님. 그 비밀은 정말로 꾸준하게 공부하는 데 있다. 전날 아무리 과음을 해도 아침 7시 반에 출근해서 공부하는 모습을 보여주신다.

그 모습에 나도 자극을 받아 공부한다. '70이 다 되시는 분도 저렇게 공부하는데… 나도 해야지' 하는 생각이 저절로 든다. 그래서 나도 없는 시간을 쪼개서 책을 계속 읽는다. 책을 봐야 새로운 것들을 알게 되고 내가 어떻게 해야 하는지 길을 찾게 된다.

사장님은 이제 은퇴했다고 공부 안 하고 새로운 것을 두려워하는 친구들을 보면 변하지 않아 답답하고 제일 안타깝다고 말씀하셨다. 아직도 예전의 잘나가던 자신의 모습만을 되새김질하면서 "예전에 내가 어땠는데…"를 외쳐봤자 꼰대소리만 듣고 자신의 초라한 모습만 인정하게 되는 꼴이다. 그래서 나이 들면 꼭 공부를 해야 한다고 한다.

나이 들었기 때문에 더 공부해야 한다는 말도 참 멋있다. 공부는 젊었을 때 하는 것이 아니라, 지금 해야 한다는 말. 누군가가 시켜서 하는 게 아니라, 내가 하고 싶을 때 하

책읽기에는 지하철이 딱이다!
공부하는 할머니로 늙을 테다.

고 싶은 공부를 할 수 있다는 것이 정말 행복한 삶이라는 생각을 해본다. 실제로 나도 대학원 졸업하고 더 재미있게 공부를 하게 되었다. 시험을 치르기 위한 공부가 아니라 내가 하고 싶은 공부를 선택해서 하는 공부는 힘든 게 아니라 정말로 재미있다. 이제는 학위를 위한 공부가 아니라 나를 위한 공부를 계속 하고 싶다. 그래서 진짜로 인생을 즐길 줄 아는 멋지게 나이 드는 방법을 배우고 싶다.

(사장이 직원보다
돈을 많이 받는 이유)

　얼마를 받건 상관없이 급여란 25일이 지나면 그대로 내 통장을 스쳐 지나가고, 나는 또다시 25일을 기다리는 사람이 된다. 예전에는 내가 벌어서 내가 다 썼는데, 이제는 내가 벌어서 모두가 함께 쓰는 통장이 돼버렸다.

　아이가 유치원에 다닐 때에는 유치원 비용을 포함해서 기본적으로 나가는 돈 + 친정에 아이 맡기고 있으니 친정엄마에게도 월급을 나누면 통장의 돈은 들어오자마자 바로 스치고 지나간다. 늘 주는 사람은 많이 주는 것 같고, 받는 사람은 부족하게 느껴지는 것이 월급이다.

사장님은 우리 회사에서 가장 많은 급여를 받으신다. 어느 날 사장님은 그 이유를 내게 말씀해주셨다. "너는 회사에서만 일 생각하지? 나는 똥 눌 때도 회사 생각한다. 그래서 내가 너보다 월급이 많은 거야."

하긴 그 말이 틀린 말은 아니다. 나는 오후 6시만 되면 이미 퇴근 모드로 바뀌어서 집에 가면 뭐 해야 하고⋯ 아이랑 뭐 해야 하고⋯ 생각 자체가 바뀐다. 그리고 그 다음 날 회사 의자에 앉아야 오늘은 무슨 일을 하고, 내일은 어떤 일을 해야 하고, 회사 모드로 리셋 된다. 어쩔 수 없다. 집에서 회사일 생각할 여유도 없을 뿐더러, 아이가 나를 그렇게 놔두지 않는다.

회사가 망하면 나는 퇴사하면 되는데 사장님은 그동안 자신이 일궈왔던 모든 것을 잃게 된다. 그래서 목숨 걸고 지킬 수밖에 없고, 주인 정신을 발휘하며 일할 수밖에 없다. 아무도 없는 회의실에 불 끄는 것도, 빈 방에 공기청정기 돌아가고 있는 걸 눈치 채는 것도 사장님이다. 확실히 주인정신을 가지고 있어야 보이는 것이 있다.

나는 경력단절 기간 때 여러 가지 일에 도전해봤다. 1인 창업가로 사업 비슷한 것도 해봤고 쇼핑몰도 운영했다. 그때 내가 사장님의 이 말씀을 절실하게 느꼈다. "사장 똥은 개도 안 먹는다"는. 그만큼 속이 시커멓게 탔기 때문이다. 남들은 몸이 불편한 당신이 사업을 해서 번창하는 것을 보고 사업 자체를 아주 쉽게 보는 경향이 있다고 하셨다. 몸이 불편한 저 사람도 하니, 나도 할 수 있겠네! 하며 쉽게 도전했다가 쉽게 망하는 모습을 진짜 여럿 보셨다고.

경력단절 때 블로그를 통해서 중국에서 수입한 교구를 팔아본 적이 있다. 엄마들을 상대로 아이들의 과학 상자를 판매했다. 나름 열심히 알아봤다. 중국어를 하지 못하니 중국어 잘하는 친구와 협업을 했고, 한국에는 아직 입점 안 된 걸 확인했다. 사이트를 뒤져서 중국 공장을 찾아내고, 협상을 해서 원하는 가격을 받고 우선 최소 수량을 받아서 나의 블로그에 올려 판매를 했다. 다행히 주변 반응이 좋아서 알음알음 판매가 되더니, 중학교 선생님이 대량으로 구매해주시고, 도서관에 기획서를 보내 아이들에게 과학수업을 하면서 교구를 판매하는 등 조금씩 판매처를 늘려나갔다.

그런데 우리나라가 갑자기 중국과 사이가 안 좋아지면서 중국에서 물건이 제때 들어오지 못했다. 제품은 배에 실려 한국에 들어왔는데 통관이 안 되었다. 중국에서부터 통관이 막혀서 우리 물건이 중국과 한국 선박에 묶여 있었던 적도 많았다. 10일이면 주문해서 내 손에 들어왔는데, 한 달 딜레이 되는 건 기본이고, 잘못해서 두 달 정도 딜레이 돼서 받기도 했다. 물건이 배달이 안 되니 고객 주문을 받아도 물건을 보낼 수가 없었다. 그 상태가 오래되자, 점점 고객은 줄어들고, 우리는 일을 접어야 했다.

내 잘못도 아니고, 정말 운이 나빠서 나같은 소상공인이 피해를 본 것이다. 당시 나는 큰 자본력으로 한 게 아니어서 큰 손해를 본 건 아니었지만, 일을 접을 수밖에 없었다. 거대한 자본을 가진 업체가 내가 찜했던 그 제품을 대량으로 들여와 다시는 내가 범할 수 없는 제품이 돼버린 것도 이유였다. 그동안 내가 고생한 것이며, 뜻대로 되지 않아 애태운 날들 때문에 속이 탔다.

그땐 정말 사장님 말대로 똥 눌 때도 그 생각만 했다. 어떻게 하면 우리 물건을 제대로 가지고 올 수 있을까? 어떻게 하면 이 사업을 계속 이어나갈 수 있을까? 열심히 생각하고 고민했다. 과학 상자 하나를 팔기 위해 수업을 기획했고 그 기획서를 가지고 생판 얼굴도 모르는 도서관 사서들에게 보내서 우리가 하려고 하는 수업에 대한 프레젠테이션을 했다.

작은 도서관에서 몇몇 아이들 앞에서 시작한 수업이었지만 정말 최선을 다했고, 그 모습을 본 도서관 사서가 주변의 도서관 사서들에게 소개를 해줘서 수업이 늘어났다.

시키는 일만 하는 사람과 시키지 않는 일을 만들어 하는 사람은 정말로 어마어마하게 차이가 있는 결과를 낳는다. 이건 그렇게 일을 해본 사람만이 안다. 직원에게 아무리 사장님 마인드를 가져라!고 말한들 그렇게 되기 힘들다. 한 번이라도 사장의 경험을 해보지 않은 사람이라면 더더욱 모를 것이다. 나는 짧았지만 스스로 일을 만들어봤던 경험이 있어서 그런지 새롭게 일을 만들고 벌이는 것에 대해 두려움을 덜 느낀다.

직원은 사장의 마인드까지는 아니더라도 직원의 마인드만 갖고 일하면 안 된다. 망하거나 잘못돼도 내게 큰 책임이 없으니, 그냥 주어진 일만 하겠다 혹은 월급 받은 만큼만 일 하겠다 하는 마당쇠 정신으로 일하는 것은 우선 자기 자신에게 가장 큰 마이너스다.

만약 내가 경력단절 기간에 스스로 무언가를 해볼 기회를 만들어보지 않았다면 그 마인드를 100% 이해하지 못했을지 모른다. 어떤 경험이든 도움 되지 않는 일은 없다. 그래서 삽질이라도 열심히 해보라고 하지 않는가!

사장님이 나보다 월급 많이 받는다고 욕하지 말고 화장실에서 똥 눌 때도 생각한다면 다음에는 당신이 사장님 자리에 앉아 있을 것이다.

사장님이 나보다 월급 많이 받는다고 욕하지말고
화장실에서 똥눌때도 생각한다면
다음에는 당신이 사장님자리에 앉아 있을것이다

고수는
고수를 알아본다

요즘 친구들 중에 〈취권〉을 아는 사람이 몇이나 있을지 모르겠다. 어렸을 때 봤던 이 영화의 주인공은 성룡이었다. 1979년 영화가 인기를 끌자 1997년에 〈취권 2〉가 제작되었고 아마도 내가 봤던 건 그때쯤이 아닐까 싶다.

술을 마신 듯 비틀비틀하다가 적정한 때에 한 방을 매겨 적을 쓰러트리던 주인공의 모습이 아직도 기억에 남아 있다. 취권은 술을 마시고 취한 척(? 아니면 진짜 취한 것?) 하며 적을 방심하게 하고 그 틈새를 노려 한 방에 쓰러트리는 것이다.

사장님은 어떤 손님들이 오셔도 격의 없이 대하신다. 교수님들이 오시건 국회의원이 오시건 높은 사장님이나 그룹 회장님이 오셔도 극진하게 대접하는 것 같으면서도 편안하게 말씀하시고, 어떨 때는 장난기 가득한 아이처럼 말씀하시다가 한 방을 날리기도 하신다. 정말 옆에서 보고 있으면 이게 취권이 아닌가 싶다. 사장님이라고 해서 무게 잡고 계시는 게 아니라 어떤 상대라도 마음 놓고 편안하게 이야기할 수 있는 분위기를 만드는 것이다. 오히려 어떨 때는 영업사원보다도 더 전략적으로 사람들을 대하시는 것 같다.

사장님은 이런 말씀도 해주셨다. "사람은 취권을 할 줄 알아야 해. 헛소리하는 것 같아도 그 안에 뼈를 담고 있어야 하지. 얼렁뚱땅 하는 것처럼 보여도 실력으로 해내는 모습을 보여줘야 해. 사장이기 때문에 폼 잡고 있는 게 아니라, 사장이기 때문에 사람들에게 더 잘해야 해."

자신의 타이틀에 갇혀 사는 사람들이 있다. "나는 사장이니까 직원들이랑 밥 안 먹어." "직원들이랑 말 섞으면 자꾸 뭘 해달라고 해서 나는 일부러 직원들을 피해." 직원들에게 대놓고 그렇게 말하지 않지만, 개인적인 자리에서 그렇게 말하는 다른 사장님들을 여럿 봤다.

그렇게 행동해서 얼마나 많은 이익을 봤는지 모르겠지만, 내가 봤을 땐 진짜 외로운 사람이다. 그 사람의 진실을 알면 아무도 그 사람 옆에 있으려고 하지 않을 테니까 말이다. 그리고 이미 직원들도 사장의 그런 마음을 알기 때문에 충성을 다하는 직원은 없을 것 같다. 그렇게 무게 잡고 체통을 중요시하는 사람들보다 취권을 하는 사장님이 훨씬 낫다.

사장님이 취권을 할 때 상대방은 두 가지 유형으로 나뉜다. '정말 저 사람이 고수구나'를 알아보는 사람과 '어? 저 사람은 다 받아주는 사람이네' 라며 슬슬 자신의 본 모습을 보여주는 사람이다.

고수는 고수를 알아보는 법이다. 손동작 하나만으로도 그 사람이 고수인지 아닌지 알아낸다. 아무리 상대방이 취권을 해도, 그 안에서 그의 핵심을 아는 것이다. 고수는 '저 사람이 취권을 하는 고수구나. 조심해야겠다' 한다. 하지만 하수는 끝까지 모른다. 저 사람이 취했네… 하며 함부로 대하다가 한 방에 나가떨어진다.

판을 읽게 되니 사람이 보이기 시작한다. 어떤 사람들이 진짜 고수인지 그 모습이 보이기 시작하는 것이다. 전에는 옷도 멋있게 잘 입고, 어떠한 상황에서도 온화한 미소를 지으며, 자신에 일에 최선을 다하고, 생각에 유연성이 있는 사람들이 고수라 생각했다. NO! 진짜 고수는 취권을 하는 사람이다. 흔들흔들 하면서도 상대방의 마음을 뺏는 사람이 있다. 얼렁뚱땅 하는 것 같은데, 실력으로 봐도 절대 무시할 수 없는 사람이다. 그 사람과 있으면 주변 사람들이 잘 웃는다. 그리고 항상 주변에 많은 사람들이 있다면 그 사람은 정말로 무서운 실력자다.

고수들은 자신만의 한 방이 있다. 사람들에게 10개 중 9를 주는 것 같으면서도 막상 뚜껑을 열어보면 그 사람 뒤에 20이 있다. 지금까지 내가 봤던 고수들의 특징이다.

나는 사장님처럼 취권까지는 하지 못한다. 그렇게 유연하게 사람들과 금방 친해지고 호형호제하면서 자신을 좋아하게 만드는 그런 매력은 없다. 하지만 사장님 옆에서 오랫동안 지켜보면서 나만의 한 방은 가지고 있으려고 한다. 나는 참 재미없는 사람이지만 진실한 사람이 되는 것, 천천히 가지만 꾸준하게 가는 것, 그것이 내가 가지고 있는 한 방이라고 생각한다. 또 육아를 하면서 나에게 인내심이 생겼다는 것도 나에게는 큰 한 방이다.

모두가 다 취권을 할 필요는 없지만, 최소한 취권을 하는 사람을 알아보는 눈은 필요하다고 생각한다. 그리고 자신만의 한 방을 만드는 건 정말 중요하다. 지금은 우리가 하수에 불과하지만, 세월이 더해지면 우리 또한 고수의 경지에 올라가 있지 않을까? 그게 취권이든 다른 권법이든 나만의 기술은 삶을 살아가는데 필요한 것이니까.

(나사 두 개만)
(빼고 살아라)

갑질까지는 아니었다. 나는 그동안 사람들에게 완벽한 모습을 보이려고 했고, 남들에게도 그런 모습을 요구했다. 내가 우습게 보이는 게 싫었다. 그래서 남들 앞에서 실수 하지 않으려고 했고 멀쩡한 척, 좋은 모습만 보여주려고 했다. 그런 나에게 사장님은 "네 머리에서 나사 두 개만 빼고 살아라" 하셨다. 세상을 너무 진지하게 살면 네 삶이 진지해진다며 재미있게 즐기며 살려면 흐트러진 모습도 필요하다 하셨다.

나 혼자 정색하며 살기에는 너무나도 외로운 세상이다. 실속도 없다. 약한 모습, 부족한 모습, 때로는 어리숙한 모습을 보여줘야 상대도 나의 인간적인 모습에 마음을 놓고 진실된 모습으로 마주하게 된다.

육아를 하면서도 나는 잘 있는 척을 했다. 산후우울증이
있었지만 그런 건 나약한 사람이나 걸리는 거라며 끝까지
부정했다. 모든 사람들에게 나는 육아를 엄청 즐기고 있
고, 지금 나의 이 시간들은 신이 주신 선물이라며 즐길 거
라 했다. 사람들 앞에서 그러고 집으로 돌아오면 너무나도
공허하고 허전했다. 채워지지 않는 나의 마음을 어떻게 해
야 할지 몰랐다.

내 앞에서 산후우울증으로 힘들어하는 사람들은 울면서
라도 자신의 응어리를 풀었지만, 그 사람 앞에서 "실은 나
도 그래"라는 말을 하지 못했다. 오히려 그랬으면 그 사람
에게 더 위로가 되었을 텐데, 그때는 쓸데없는 조언만 날
렸다. 그리고 집으로 돌아오는 길은 내 우울증에 그 사람
의 우울증까지 더해져 늘 발걸음이 무거웠다. 체면이 뭐
그리 중요했을까? 나약한 모습을 좀 보이면 어때서… 뭐가
자존심 상하는 일이라고… 지금의 나는 그때의 나를 꼭 안
아주면서 이렇게 말해주고 싶다.

"너무 괜찮은 척하지 않아도 괜찮아. 너는 분명히 다시 행복해지니까."

나약한 나 자신을 인정하기 싫어 나를 가면 속에 숨겼다. 있는 그대로의 나를 사랑하지 못했다. 꾸미려고 했고, 완벽을 추구했다. 빈틈이 많은 사람일수록 그렇게 행동한다는데 맞는 말이다.

육아를 하는 동안 정말 많은 책을 읽었다. 무엇을 어떻게 시작해야 할지 몰라서 우선 나부터 채워야겠다는 생각에 책을 집어들었다. 한창 '나 찾기 운동'이 유행했다. 그런데 그 말들이 내 마음속에 쏙쏙 들어왔다. 자존감이 강했던 나였는데, 아이 낳고 자존감이 없어졌다는 느낌이 들었다.

생각해보면 나는 아이 낳기 전부터 자존감이 약했던 사람이었다. 스스로 부족한 사람이라고 생각해서 완벽을 추구했다. 세상에 완벽이라는 것은 없는데 말이다. 실수를 할 때마다 다른 사람이 뭐라고 하는 것보다 내가 나 자신에게 심하게 실망했다.

육아를 하면서 완벽에 대한 환상이 완전히 깨졌다. 내가 완벽하려고 해도 완벽해질 수 없는 게 육아와 삶이었다. 나약한 내 모습을 인정하면서 나는 그 수렁에서 나올 수 있었다. 불안한 내 모습을 인정하기까지 수없이 깨졌다. 그런 모습을 사람들 앞에서 발표했다. 그런데 희한한 건 정말 부끄러울 줄 알았는데, 오히려 마음이 편안해졌다는 거다. 그리고 다른 사람들의 이야기를 들으면서 나만 이런 게 아니구나, 지금 이대로도 괜찮구나, 스스로 위로하게 되었다.

완벽을 포기하고 났더니 삶이 의외로 풍요롭고 행복해졌다. 생각보다 훨씬 더 괜찮게 느껴진다. 이제 실수를 하거나 실패를 해도 웃을 수 있다. 어차피 인생은 계획대로 되지 않는다. 슬픔이 슬픔으로만 끝나는 건 아니었다. 오히려 다른 기쁨을 불러오기도 했고, 내가 겪었던 실패 덕분에 새로운 길을 걸어갈 수도 있게 되었다.

삶에서 나사 두 개를 빼고 살면 일상이 흔들거릴 것 같지만, 유연성이 생기기도 한다. 삐거덕거리는 소리는 나에게만 들리지 실은 아무도 모른다.

매사에 진지하게 말고 재미있게 살고 싶어.
그러려면 좀 흐트러진 모습도 필요하다구!

행복은 완벽에 있지 않다. 완벽하면 행복할 줄 알았는데, 내가 행복하니 그 모습 자체가 완벽이었다. 행복은 있는 그대로의 내 모습을 인정하고, 내가 나를 사랑할 때 다가오는 것이다.

(부자가 되는) 방법

코로나로 많은 사람들이 힘들어하면서 부자에 대한 갈망은 점점 더 높아지는 것 같다. 이럴 때 가장 많이 팔리는 책이 사이드잡 혹은 투자에 관한 책들이라고 한다. 직장인들은 더 이상 직장만 다녀서는 부자가 될 수 없다.

그런데 막상 그런 책들을 보면 부자 되는 방법이 딱히 없다. 돈을 좇아서 부자가 되었다는 사람은 한 명도 보지 못했다. 오히려 "가치를 추구했더니 돈이 저절로 따라왔다"는 사람이 많은 것 같다.

실제로 사장님도 그런 말씀을 하셨다. 절대로 돈을 좇지 말라고… 돈이라는 것이 좇는 사람에게서는 잽싸게 도망을 가지만 관심 없이 자신의 일만 꾸준하게 하는 사람에게는 와서 달라붙는다고 했다. 사장님이니까 하시는 말씀이겠거니 했다. 사장님이기 때문에 직원들에게 열심히 일하라는 말을 그렇게 돌려 말하시는 것처럼 들렸다.

경력단절 기간에 책을 많이 읽었다. 자기계발서뿐만 아니라, 투자에 관한 책, 사이드잡에 관한 책들도 정말 많이 읽었다. 그런 책을 읽어보면 돈을 벌려고 하면 남들이 하기 싫은 일, 남들이 귀찮아하는 일들을 대신해주었을 때 그것이 돈이 된다고 했다.

사장님은 꾸준하게 한 길만 몇십 년을 걸으셨다. 아직도 내게 말씀하신다. "성공하려면 한 우물만 파야 해! 그리고 그 분야에서 최고가 되면 돈은 저절로 따라붙게 되어 있어!" 물론 그 말도 틀린 말은 아니다. 하지만 요즘은 사장님 시대와 또 다른 시대다. 한 가지 일만 하는 게 아니라, 하나의 가치관을 두고 여러 가지 일을 다양하게 하는 N잡러들이 늘어나고 있다.

어쩌면 사장님은 마지막 기차를 탄 것인지도 모른다. 외길 인생을 가야만 성공할 수 있다는 마지막 기차. 이제 그 기차는 퇴색되어 더 이상 다니지 않는 기차가 되었고, 지금은 자신만의 자동차를 개조해서 타고 다니는 시대인 것 같다.

언젠가 사장님과 돈에 대해서 이야기를 나눈 적이 있었다. 그때도 돈을 따르지 말라며 이렇게 말씀하셨다.

"나는 내 지갑에 얼마 있는지도 몰라."

어떻게 자신의 지갑에 얼마가 있는지도 모르는 사람이 부자가 될 수 있을까? 하는 생각을 했다. 내가 생각하기엔 그렇게 돈에 관심이 없는 사람이 부자가 된다는 건 있을 수도 없는 일이다.

"부자 되고 싶니? 그럼 다른 사람에게 8을 주고 네가 2를 가져라. 네게 2를 주는 사람 5명만 있어도 너는 부자 된다."

"그게 말이 돼요? 그건 사장님처럼 돈을 많이 버는 사람이나 가능하죠!!"

그땐 그랬다. 이 말뜻을 전혀 이해하지 못했기 때문에 절대로 말이 안 되는 거라 생각했다.

"사람들은 똑같이 5:5로 나누길 원하지. 하지만 나보다 상대편을 더 생각하고, 실제적으로 이익에 있어서도 상대에게 8을 주면 상대는 나를 이상하게 생각할 것이다. 그런데 다시 일을 할 때 그 사람은 나를 찾게 되어 있어. 내가 2만 가지니까. 그 사람은 나를 어리석다고 생각할지 모르겠지만, 내가 그런 사람을 10명을 둔다면 결국에는 누가 부자가 되겠니? 나는 20을 갖는 거고 그 사람들은 8을 가지면서도 나에게 고맙다고 할 것이다."

참 이상한 계산법이다. 진짜 사람들이 그렇게 할까? 요즘 사람들이 얼마나 계산이 빠른데… 그런데 실질적으로 이 계산법은 틀리지 않았다.

나는 '1년 살기' 모임을 운영하면서 이 법칙을 적용하고 있다. 나는 사람들에게 8을 주려고 한다. 아니 내가 줄 수 있는 만큼 더 주고 싶다. 어떻게 하면 더 줄 수 있을지를 고민한다. 그게 얼마나 행복한 고민인지 줘본 사람만이 알 수 있다. 싼 거 저렴한 것을 찾지 않고, 항상 가장 좋은 것, 가장 맛있는 것, 가장 좋은 장소를 찾았다. 모인 사람들도 알아주었다. 내가 그렇게 한다는 것을… 그 덕분에 모임이

상대에게 8을 주고 내가 2를 갖는
이상한 계산법.
그러나 복리이자가 불어나듯
당신이 갖게 되는 행복도
복리로 불어날 것이다.

5년 넘게 운영되고 있다. 그런데 이 사람들 또한 나에게 더 많은 것들을 주려고 한다. 나를 대신해서 이 모임이 잘 운영될 수 있도록 스스로 기획을 하고, 모임을 이끌어간다.

내가 가진 게 10이라 이들에게 9를 준다고 할 때, 나에게는 1이 남는다. 하지만 이 모임에 오는 사람들이 20명이라면 나는 결국 20을 얻게 된다. 모임 사람들은 얻어 가는 것이 많아서 좋고, 나 또한 내가 준 것보다 받아 가는 것이 더 많아서 서로에게 윈윈이다.

정말로 말도 안 되는 계산법이지만, 꼭 한번 해보길 바란다. 복리이자가 불어나듯, 당신이 갖게 되는 행복도 복리로 불어날 것이다. 난 이 계산법 덕분에 이미 사람부자가 되었다. 그리고 앞으로도 나는 사람들에게 이 법칙으로 사람들을 대할 것이다.

(퍽퍽한 인생
부드럽게 살고 싶다면)

최고속 승진자들이 최고속으로 퇴사를 당한 사례를 자주 보고 있다. 아직 경제활동을 해야 하는데 이놈의 코로나가 뭔지… 지금까지 겪어보지 못한 일들이 많은 사람들을 당황스럽게 하는 요즘이다.

사장님 방에는 끊임없이 많은 사람들이 찾아온다. 예전에 증권가에서 주름잡았던 분, 대기업에서 한가닥했던 분, 국가기관에서 유명했던 분인데 지금은 그냥 동네 할아버지로 전락한 분들도 계신다. 왕년에 주름잡았던 분들은 뭔가 요구를 해도 아주 당당하다. 대놓고 도와달라는 사람도 있고 맡겨둔 돈 찾아가는 것처럼 당당한 사람들도 있다.

그분들이 가시면 오히려 내가 흥분해서 "사장님 저분한 테 돈 꾸셨어요? 어쩌면 저렇게 당당해요? 옆에서 듣기 너무 얄밉네요!" 한다. 사장님은 이렇게 말씀하신다.

"뭘 그렇게 인생을 퍽퍽하게 사냐? 친구에게 쓸 돈의 한계를 정해놓고 그 안에서 팍팍 써. 그럼 너도 기분 좋고 친구도 기분 좋아."

처음에는 당황스럽기도 하고, 자꾸 이런 식으로 찾아오는 사람들이 반갑지 않았는데, 어느 순간 사장님은 그분들이 측은하다는 생각이 들었다고 했다. 늙으면 친구밖에 없는데, 친구가 올 때마다 미운 마음이 드는 자기 자신도 불쌍하다는 생각이 들어 생각을 바꾸었다고. 그랬더니 그때부터 어떤 친구가 와도 반갑게 맞이할 수 있게 되었다고 했다. 사장님의 말씀을 듣고, 정말 좋은 방법이라 생각했다.

"인생 너무 퍽퍽하게 살지 마라. 언젠가 네가 그렇게 될 수도 있다. 사람의 일은 아무도 모르는 거야."

사장님처럼 돈이 많거나 이렇게 번듯하게 사업을 하면 참 좋을 것 같다는 생각을 많이 했다. 그런데 그것만 믿고 이용하려고 하는 사람들도 많을 것 같아서 사장이라는 직업은 참 외로운 자리이고, 또 찾아오는 많은 사람들을 함부로 대할 수도 없는 참 힘든 자리인 것 같다는 생각을 많이 하게 된다.

사장님의 현명한 결정을 듣고 나도 좋은 것은 따라 해보기로 했다. 나도 내 급여에서 얼마 정도를 다른 사람들을 위해서 사용할 돈으로 떼어놓는다. 그리고 그 안에서 펑펑 쓴다.

단톡방에서 누군가 오늘 힘든 일이 있었다고 하면 그 사람에게 커피 한 잔과 케이크를 쏜다. 누군가의 생일이면 치킨 한 마리를 배달시키기도 하고, 승진의 고배주를 마신 사람에게 작은 선물을 보내기도 한다. 만약에 내가 누군가를 위해서 쓸 돈을 따로 떼어놓지 않았다면 돈이 있더라도 할 수 없는 일이다.

돈이라는 게 있으면 어딘가에는 사용하게 되어 있다. 내가 만약 누군가를 위해 쓸 돈을 따로 챙겨놓지 않았다면 분명 다른 곳에 썼을 것이다. 이렇게 한계를 정해놓고 쓰다 보니 어떤 달은 돈이 남아서 나 자신에게 쏘기도 한다. 그러니까 괜히 기분이 좋다.

사람들에게 돈 쓰는 일이 그 사람을 위한 일이기도 하지만 나를 위한 일이 되기도 한다. 왜냐하면 타인의 행복을 위한 고민을 한다는 것은 결국 고민하는 동안 내가 행복해지기 때문이다. 커피 한 잔에 무척이나 고마워하는 지인들을 보며 내가 돈을 벌 수 있어서 감사하다는 생각이 저절로 든다. 작은 선물에 이렇게 큰 감동을 받다니… 내가 더 기분이 좋아진다. 이런 게 바로 돈을 버는 이유가 아닐까 생각한다.

누군가 힘들다고 하는 말이나, 마음이 아프다고 하는 말에 그냥 넘어가지지 않는다. 나는 그 사람에게 커피 한 잔을 보냈을 뿐인데, 그 커피 한 잔이 더 큰 복이 되어 나에게 되돌아올 때가 더 많다. 나는 커피 한 잔을 흘려보냈을 뿐인데, 내 선물함에는 더 많은 선물들이 가득 차 있다.

전에는 기도할 때 복을 달라고 했는데, 이제는 기도가 달라졌다. 복을 흘려보낼 수 있도록 기도한다. 나에게 온 복

누군가 힘들다고 하는 말이나 마음이 아프다고
하는 말에 그냥 넘어가지 않는다

이 나에게서 멈추는 것이 아니라 내게 온 복을 다른 사람들에게 흘려보낼 수 있는 마음과 재정을 허락해달라고 기도한다. 누군가 내게 커피 한 잔을 보내주면 나는 또 다른 친구에게 커피 한 잔을 흘려보낸다. 그 커피가 어느 누구에게 또 전달이 될지 모르겠지만, 커피가 전달될 때마다 복이 흘러넘치는 것 같아 감사하다는 생각이 든다.

이런 복들이 넘치면서 닭가슴살같이 퍽퍽했던 내 인생에 부드럽게 마블링이 돌기 시작했다. 혹시 그동안 "나에게 복을 주세요"라고 기도했던 분이 계시면 그 기도를 바꿔보라고 추천해주고 싶다. 복은 남에게서 받는 것이 아니라, 나에게로부터 흘러가게 하는 것이 가장 복된 것이다.

(세상은 원래 불공평한 거야)

뉴스를 보며 속이 뒤집어질 때가 많다. 누구는 부모 잘 만나서 편하게 군대를 다녀오고, 아빠 카드로 힘든 줄 모르고 살고, 태어날 때부터 금수저를 물고 태어났네. 나처럼 아등바등하면서 어떻게 하면 돈을 더 벌 수 있을까 고민하면서 살지 않아도 되고, 진짜 세상은 억울하고 불공평하구나.

이런 뉴스 앞에서는 심하게 의욕이 상실된다. 아무리 내가 발버둥쳐도 엄마 찬스, 아빠 찬스 한 번 쓰는 사람이 나타나면 그 사람 앞에서 도루묵이 되니 짜증이 나다 못해 화가 난다.

그런 나를 보면 사장님은 "네가 못 한다고 억울하게 생각하지 마라. 세상은 원래 억울하고 불공평한 거야. 인정할 것을 인정하고 살면 네가 편해" 라고 하셨다.

사장님은 태어날 때부터 몸이 불편하셨다. 학교 다닐 때 운동회 한 번 참여하지 못 했고, 운동회뿐만 아니라 체육시간, 교련시간은 아예 참석을 못 했다고 한다. 회사에서 가는 등산도 그렇고, 다른 사장님들이 많이 치시는 골프도 못 치신다. 그런 거 생각하면 너무나도 억울하다고 한다.

어렸을 때 너무나도 가난해서 제대로 병원에 다니지 못 했던 것도 억울하고 그래서 여러 번 죽을 고비를 넘겼던 것도 억울하다고 한다. 남들은 "그 덕에 네가 공부도 열심히 하고 노력했기 때문에 지금의 네 모습이 된 거잖아"라고 말하지만, 그래도 억울한 것은 억울한 것이다.

"나는 내가 가진 것이 없었기 때문에 사람들보다 더 많이 일했다. 내가 다른 사람들처럼 똑같이 했다면 할 수 있는 일들이 없기 때문에 더 많은 노력을 했지. 이것도 억울하다고 생각하면 진짜 억울한 일이야. 매일 코피 쏟아가며 공부해야 했고, 미친 듯이 하루하루를 살아가지 않으면 남들보다 할 수 없는 일이 너무나도 많았기 때문에 억울했지. 인생을 억울한 것만 놓고 본다면 아무것도 하지 못한다. 인정할 건 인정해야 해. 다시 태어나지 않는 한 바꿀 수 없다는 것이 있다면 인정하고 사는 게 더 편하지 않을까?"

억울한 것을 따지면 나보다 사장님이 훨씬 더 많을 것이다. 괜한 투정 한 번 부렸다가 호되게 혼난 기분이었지만 기분이 나쁘지는 않았다.

세상이 불공평하다고 억울해하면 뭐할까? 내가 세상을 바꿀 수 있는 것도 아닌데… 그렇다고 포기하며 사는 것은 아니지만, 그 안에서 내가 분명 할 수 있는 일들이 더 많다는 것을 왜 잊고 살았을까? 불평불만만 하며 살다 보면 사물을 제대로 보지 못하는 경우가 많다. 불평불만의 검은 기운이 내 눈과 마음을 가리는 것이다.

억울한 것은 억울한 것이고, 나는 내 안에 행복을 찾으면 된다. 사장님 말씀처럼 똑같이 골프를 쳐야만 만족감이 생기는 것은 아니다. 자꾸 내가 가질 수 없는 것들을 부러워하면 나만 괴롭고 나만 자괴감이 들며 나만 우울하게 된다. 세상은 원래 불공평한 것이다. 인정할 것은 인정하자. 그렇다고 내가 행복해지지 못하는 이유는 없다.

불공평한 세상에 대해서 불만을 가지고 있을 때, 우연히 2020 백상 예술 대상에서 배우 오정세 님의 수상 소감을 듣게 되었다. 수상 소감에서 그의 현명한 판단에 감탄을 했다. 그리고 답을 찾았다. 불공평한 세상에서 어떻게 살아야 할지….

어떤 작품은 성공하기도 하고, 어떤 작품은 심하게 망하기도 하고, 어쩌다 보니까 이렇게 좋은 상까지 받는 작품도 있었는데요. 작업한 100편 다 결과가 다르다는 건 신기한 것 같습니다. 제 개인적으로는 100편 다 똑같은 마음으로 똑같이 열심히 했거든요.

돌이켜 생각해보면 제가 잘해서 결과가 좋은 것도 아니고, 제가 못해서 망한 것도 아니라는 생각이 들더라고요. 세상에는 열심히 사는 보통 사람들이 많은 것 같습니다. 그런 분들을 보면 세상은 불공평하다는 생각이 듭니다. 꿋꿋이 열심히 자기 일을 하는 많은 사람들이 똑같은 결과가 주어지는 것은 또 아니라는 생각이 들어서 좀 불공평하다는 생각이 드는데, 그럼에도 불구하고 실망하거나 지치지 마시고, 포기하지 마시고, 여러분들이 무엇을 하든 간에 그 일을 계속하셨으면 좋겠습니다.

자책하지 마십시오. 여러분의 탓이 아닙니다. 그냥 계속하다 보면 평소와 똑같이 했는데 그동안 받지 못했던 위로와 보상이 여러분들에게 찾아오게 될 것입니다. 저한테는 동백이가 그랬습니다. 여러분들도 모두 곧 반드시 여러분만의 동백을 만날 수 있을 거라고 믿습니다.

불공평한 세상에서 우리가 해야 할 일은 실망하거나 지쳐하거나, 포기하지 말고 무엇을 하든 간에 그 일을 계속하면 된다. 불공평하다고 불평하는 사람과 그럼에도 불구

하고 도전하면서 사는 사람의 세상은 분명 다를 것이다. 불공평한 세상에서 무엇을 선택할지는 나의 선택에 달려 있다. 나는 불공평한 세상 인정할 것은 인정하고! 나만의 동백이를 만나기 위해서 계속 그 길을 갈 것이다.

(하마터면 날씬하게 살 뻔했다)

아이를 낳은 후 나의 몸은 달라졌다. 체중계 숫자가 슬금슬금 올라가더니 앞자리를 변화시켰고 이제는 그 뒷자리까지 계속 올라가고 있다. 운동을 해도 예전의 몸으로 돌아오지 않는다. 그렇다고 굶거나 소식(小食)을 하는 건 너무 어렵다. 매번 요요가 와서 나는 다이어트에 한 번도 성공하지 못했다.

2년 전 모임 사람들과 바디프로필을 찍기 위해 다이어트에 도전했는데, 그건 다이어트가 아니라 그냥 굶기였다. 짧은 시간 효과를 보기 위해서 마지막에는 거의 굶다시피 해서 겨우 사진을 찍었다. 그 이후 나의 몸은 예전의 모습으로, 아니 무섭게 빠른 속도로 그 이상이 되었다. 나의 회복탄력성이 이렇게 좋은 줄 몰랐다.

그후 넉넉해진 것은 몸뿐만 아니라 마음까지라고 스스로 위로하며 살았다. 그러다 '저탄고지 다이어트' 강의를 들었다. 마음껏 먹어도 된다는 게 너무 좋았다. 특히 내가 좋아하는 고기, 치즈, 달걀은 많이 먹어도 된다고 하니, 완전 나를 위한 다이어트였다. 보통 다이어트를 할 때는 조금 먹으라고 하는데, 여기서는 배부르게 먹으라고 강조한다. 그동안 내가 알아왔던 상식과 반대로 말하는 이 다이어트는 완전 나를 위해 만들어진 것 같았다.

저탄고지 다이어트를 하면서 식품을 살 때 성분을 살펴보게 되었다. 그 전에는 맛있으면 구매했는데 이제는 무엇으로 만들어졌는지, 당과 탄수화물은 얼마나 있는지 살펴본다. 저탄고지 식단으로 바꾸면서 건강에 대해 더 신경을 쓰게 되고, 내 몸에 대해서 제대로 알려고 노력하게 된 것도 아주 좋은 점이다. 왜 살이 찌고 빠지는지 그 이유와 원리에 대해서 공부를 하니 점점 궁금한 게 많아져서 자꾸 관련 책을 빌려오고 있다.

좋아하는 음식을 많이 먹으니, 먹으면서 행복하고 건강은 덤으로 따라오는 것 같다. 이렇게 음식 성분을 비교하다가 사장님께 커피 한 잔을 타 드리면서 잔소리를 하기 시작했다. 블랙커피는 마시는 것 같지 않다며 사장님은 늘 다방커피(믹스커피)를 드신다. 믹스커피는 맛도 향도 달달해서 정말 맛있다. 커피를 타면서 그 향에 빠져들어 참다참다 나도 한 잔 마신 적이 여러 번이다.

"사장님, 커피에 든 프림이 몸에 안 좋아요. 이제 커피를 좀 바꿔보는 게 어떨까요?"

"놔둬라. 나는 맛있게 먹고 살란다. 뭘 얼마나 더 살겠다고 맛있는 거 안 먹고 맛없는 것만 먹고 사냐? 꼭 그런 사람일수록 더 빨리 죽더라. 희한하게 돈에 신경을 쓰면 돈이 안 붙고, 건강에 신경을 쓰면 일찍 죽는다. 그냥 살아! 신경 쓴다고 되는 일이었다면 모두가 다 건강하고 부자 됐게? 나는 오지도 않는 미래를 위해 사는 것보다, 지금 내가 좋아하는 커피 마시고, 맛있는 음식 먹고, 이래 살다 갈란다."

여전히 사장님은 아침과 점심식사 후 달달한 다방커피 한 잔을 드신다. 그리고 스트레스를 받거나 신경 쓸 일이 있을 때도 다방커피 한 잔을 주문하신다. 딱히 건강보조식품을 드시는 것도 아니고 몸에 좋은 걸 골라서 드시는 것도 아니다. 정말 그때그때 당신이 드시고 싶은 음식을 찾고, 성분 및 칼로리를 따지지 않고 그냥 드신다. 그런데 진짜 희한한건 건강진단 검사결과는 '매우 좋음'이다.

그리고 하나 더, 정신건강 및 스트레스 체크도 하시는데, 이 정도 수준이면 산에 사는 도사님들과 같은 수준의 결과라 한다. 하나님이 공평하신 걸까? 분명 어느 누구보다 스트레스를 받는 일이 더 많은데 정신건강이 이렇게 좋다니… 참 신기할 뿐이다.

건강을 챙기면서 건강한 음식만 먹으며 사는 게 맞는 것일까? 아니면 맛있는 거 먹으면서 스트레스 받지 않고 사는 것이 맞는 것일까? 실제로 내가 가장 많이 살을 뺀 것은 마음고생을 심하게 했을 때니 이것 또한 아이러니다.

한동안 저탄고지 식단으로 열심히 살다가 사장님의 건강진단 결과표를 보고 살짝살짝 그 경계선을 넘기도 한다. 인생 뭐 있냐? 맛있는 거 먹고 스트레스 받지 않으면 장땡

이지!! 맛있는 음식 앞에서는 또 이렇게 무너지는 나지만, 나의 정신건강은 분명 좋을 것이다.

우리는 알게 모르게 오지도 않는 미래를 위해서 산다. 분명 건강한 음식을 먹고 적정 체중을 유지하는 것이 가장 좋지만, 그것을 위해서 현재 내가 스트레스를 받고 현실에 만족감을 느끼지 못한다면? 오늘 하루는 그냥 보낸다 쳐도 매일이 이렇다면 나의 하루는 불행할 것이다.

제발 오늘 나의 행복을 무시하고 살지 말자. 오늘 소소하게 느낀 행복이며 따뜻한 체온, 그리고 달달한 다방커피 한 잔의 여유로 내 삶에 조금은 넉넉함을 주어도 되지 않을까? 오늘은 다시 오지 않으니까 말이다.

(당신이
가난할 수밖에 없는 이유)

나는 40대 중반쯤 되면 뭔가 되어 있을 줄 알았다. 지금
까지 열심히 살았으니 거기에 대한 보상이 있을 줄 알았다.

10대에는 20대가 되면, 이라 생각했고, 20대에는 30대가
되면 뭔가 크게 달라져 있을 것 같았다. 30대에는 더더욱
그랬다. 내 인생에 있어서 큰 변화들이 많았기 때문에 40
대에는 뭔가 확실하게 달라져 있을 것 같았다. 그런데 딱
히 없다.

생각하기 나름이겠지만, 결혼한 거, 자식 하나 잘 키우고
있는 게 내게 남은 것이라면 남은 것이다. 그럼 나는? 누군
가의 와이프며 누군가의 엄마가 된 일, 그리고 다시 직장

으로 돌아온 일이 다인가? 내가 나에게 기대가 컸나 보다. 이걸로는 만족이 안 된다. 도대체 나는 나에게 어떤 기대감을 가지고 있었던 것일까?

생각해보면 '뭐가 간절하게 되고 싶다' 하는 것도 없다. 카톡 대문 앞에 써놓은 것처럼 언젠가는 '멋진 여성 CEO'가 되고 싶었다. 유독 사장님한테 관심이 많았다. 어떻게 경영을 하는지, 어떻게 문제를 해결하는지에 대해서 관심이 많았기 때문에 유심히 봐왔던 것을 지금 이렇게 글로 쓰고 있는지도 모른다.

나는 왜 CEO가 되고 싶었던 걸까? 회사를 그만두기 전, 모든 회사원들이 3년 차 5년 차 10년 차쯤에 느끼는 그런 시기가 내게도 왔다. 그때 한창 스티브 잡스의 어록이 유행했고, 그의 책이 열심히 팔렸다. "다시 태어나도 그 일을 하고 싶은가?"라는 그의 유명한 질문이 내 안에 계속 맴돌았다. 그때 나는 만나는 사람들마다 물었다.

"지금 당신이 하고 있는 일에 만족하세요? 다시 태어나도 그 일을 하고 싶으세요?"라는 질문에 YES라고 대답한 사람은 사장님밖에 없었다. 다시 태어나도 그 일을 하고 싶을 만큼 지금 하고 있는 일에 YES라고 말한 사람은 자신이 선택했고, 죽을 만큼 노력도 해봤고, 거기서 성공이라는 것을 느껴봤기 때문에 선택하는 것 같았다. 그래서 나도 언젠가는 그렇게 사는 CEO가 되고 싶다고 생각했다.

결국 내가 원한 것은 CEO라기 보다, 내가 선택한 삶, 내가 한 번쯤 미치고 싶은 일을 해보고 싶고 그 안에서 성공이라는 것도 맛보고 싶은 것이다. 정말 안타깝게도 나는 한 번도 미쳐서 살아본 적이 없는 것 같다. 열심히는 살았지만 미쳐보지는 못했다. 미치기 직전까지는 가봤는데, 그 임계점을 넘지는 않았던 것 같다. 그게 아직도 내게는 늘 아쉬움으로 남아 있다.

사장님은 이런 말씀을 해주셨다.

"위험한 조언이긴 한데, 하고 싶은 일이 있다면 돈을 꿔서라도 해라. 돈은 벌어서 갚으면 되지만, 시간은 되돌릴 수 없다."

사람들이 가장 많이 하는 핑계는 "돈이 없어서요"라는

40대 중반이면 뭔가 되어 있을 줄 알았지.
언젠가는 멋진 여성 CEO가 되고 말 테야!

말이다. 그런데 그것은 가장 그럴 듯하게 나를 포장하는 핑계일 때가 많다. 돈이 없어서 아이디어로 승부하는 사람들이 많다. 어떻게 저런 아이디어가 나왔을까 감탄하다 보면, 그 사람은 돈이 없어서 더 절실했고, 그랬기 때문에 더 많은 연구를 통해서 아이디어를 낼 수밖에 없었다는 걸 알게 되곤 한다.

사람들은 정작 중요한 것을 모른다. 정말 사장님 말씀처럼 돈은 어떻게든 벌어서 갚으면 되지만 놓쳐버린 시간은 다시 되돌릴 수도 벌어서 갚을 수도 없다. 부자든 가난한 사람이든 누구나 공평하게 주어지는 시간. 부자들은 그렇기 때문에 돈이 있다면 시간을 산다는 말을 한다.

"네가 가난해질 수밖에 없는 이유는 네가 가진 시간을 함부로 했기 때문이다." 사장님 말씀을 듣고 정말 반성을 많이 했다. 나는 아이 엄마니까… 지금은 아이와 함께해야 하니까, 아이랑 있는 시간은 소중하니까… 물론 다 맞는 말이다. 하지만 틀린 말이기도 하다. 보기 좋고 듣기 좋은 핑계로 나 자신을 속였었다. 이런 빛깔 좋은 핑계로 나는 정말로 아이와 함께 있을 때 아이에게 열정적으로 놀아주었나? 솔직히 핑계를 대며 게으름을 피웠다. 오히려 정말 정신없이 바쁠 때 시간을 쪼개서 열과 성을 다해 아이와 함께 보냈다.

사장님도 "위험한 조언이지만…" 이라고 앞에 전제 조건을 붙이셨다. 이 말을 제대로 알아듣고 실천에 옮기는 사람이라면 무슨 말인지 정확히 알 것이다. 무리해서까지 할 수는 없지만, 내가 그토록 하고 싶은 일이라면, 그토록 미쳐보고 싶은 일이라면 꼭 해봐야겠다.

그래서 50대에는 지금처럼 똑같은 후회는 하지 않고 싶다. 그때 거창하게 성공이라는 단어를 내게 쓸 수 있을지 없을지 모르겠지만 내가 하고 싶었던 일을 그때 하지 못한 것에 대한 후회는 하지 않으려고 한다.

나에게 오늘은 다시 오지 않는다. 오늘이 내게 있어서 가장 젊은 날인데, 더 이상 나 자신을 속이는 핑계를 대지 않고, 진짜 하고 싶은 일들을 많이 해봐야겠다.

(나는 지금 죽어도 여한이 없다)

애앵 애앵 애애앵~

사이렌 소리가 울렸다. 방송에서 뭐라고 하는데 통화 중이라 잘 들리지 않았다. 전에도 가끔씩 화재경보기가 울렸고, 테스트 중이라는 멘트가 나왔었다. 이번에도 당연히 그런 건줄 알았다.

딸아이와 전화 통화를 하고 있었는데 딸이 말했다.

"엄마 회사에 불났어?"

"아니, 경보기가 잘 울리는지 테스트 중일 거야."

"엄마, 불나면 '불이야!' 하고 외친 다음에 몸을 숙여서 빠져나가는 거야. 알지?"

유치원에서 소방훈련을 잘 받았나 보다. 아이는 엄마에게 불이 났을 때 어떻게 행동해야 하는지 알려줬다.

느낌이 좀 이상했다. 아이와 서둘러 전화를 끊고 사무실로 들어갔다. 어디선가 타는 냄새가 났다. 재빨리 사장님실로 갔다. 사람들이 웅성웅성거리고 그제야 방송 멘트가 제대로 들렸다. 화재가 났으니 빨리 대피하라는 방송이다. 사람들이 계단으로 서둘러 내려가는 소리가 들린다.

"사장님, 진짜 불났나 봐요. 빨리 나가셔야 해요!!!"

요란하게 사이렌 소리가 울리고, 다들 허둥지둥 가방을 챙겨서 나가는 분위기다. 금융 중심가에 높은 건물이니 얼마나 많은 사람들이 있었는지 한 군데가 계단을 타고 무섭게 내려가는 소리가 사람들을 더욱 긴장시켰다.

건장한 남자 직원들이 사장님 실로 몰려왔다. 여차하면 휠체어를 탄 사장님을 모시고 내려갈 작정으로 다들 몰려온 것이다. "뭘 그리 서두르나. 이럴 때일수록 침착하게 대처해야 해. 어차피 나는 계단으로 못 가. 죽을 사람은 접시에 코 박고도 죽고, 살 사람은 어떻게든 다 살더라."

누군가 엘리베이터를 잡았는데 다행인지 사람이 아무도 없었다. 이럴 때 엘리베이터를 타는 것 자체가 위험하다는 생각에 아무도 타지 않은 것이었다. 우리는 그 엘리베이터를 타고 유유히 건물을 빠져나왔다. 워낙 사람들이 많이 다니는 곳이라 소방차가 몇 십 대 오고 발 빠른 소방관들의 대응 덕분에 다행히 불은 크게 번지지 않았다. 다친 사람도 없었다. 다만 연기가 온 건물을 꽉 채웠기에 한동안 들어가지 못해 밖에서 대기하다가 근처 커피숍으로 갔다.

"사장님, 불이 났는데 어디서 그런 여유가 나오세요?"
"내가 죽을 고비를 한두 번 겪어봤냐? 일본에 있을 때는 40층 건물에 불이 났던 적도 있었어."
사장님은 그때의 에피소드를 이야기해주시며 이렇게 덧붙이셨다.
"나는 지금 죽는다 해도 여한이 없다. 매사에 열심히 살았으니까."

뭐라고 많은 말씀을 해주셨는데, 마지막 멘트가 워낙 강해서 그런지 그 말이 계속 맴돌았다. 사장님 나이쯤 됐으니까 할 수 있는 말인가? 도대체 어떻게 살면 "지금 죽어도 여한이 없다"라는 말을 할 수 있을까? 정말 말 그대로 매사에 열심히 살면 그런 말을 할 수 있는 것일까?

만약에 지금 내가 죽는다면 나도 똑같은 이야기를 할 수 있을까?

삶에 대한 욕심은 없었다. 부모님한테는 죄송한 말이지만 30대 때까지 나도 언제 죽어도 괜찮다고 생각했었다. 그런데 아이가 태어난 후로 달라졌다. 이 아이에게 엄마의 손길이 필요 없을 때까지는 살고 싶다는 생각이 들었다.

그리고 나에게는 아직 못다 한 일들이 너무 많다. 하고 싶은 일도 많고, 아직 내 인생에 있어서 이렇다 할 결과물도 만들어놓지 못했기 때문에 지금 죽는다면 많이 억울할 것 같다는 생각을 해본다.

사장님은 예전에 비행기 안에서 맹장이 터져서 죽을 뻔한 경험을 했다고도 하셨다. 그때 병원에서 수술을 마치고 입원해 있는데, 한겨울 새벽에 청소하는 분이 입에서 허연 입김을 훅훅 불어가며 일하는 모습이 너무나 부러웠다고 한다. '만약 내게 삶이 더 허락된다면 저 사람처럼 열심히 한번 살아보고 싶다. 더 살게 되면 다른 사람들을 많이 도우면서 살고 싶다'는 생각을 하게 되었다고 한다.

그 이후로 죽어도 여한이 없을 정도로 열심히 살았고, 지금은 언제 죽어도 괜찮다는 마음이 들 정도로 자신의 삶에 최선을 다한 것이다. 나는 이런 말을 할 수 있는 사장님이 부러웠다.

사장님은 여러 번의 죽을 고비를 넘기셨다. 하나님이 사장님의 수명을 늘려주신 이유가 분명 있었을 것이다. 그리고 여러 번 겪었던 그 죽을 고비들도 분명 이유가 있었을 것이다. 그 고비고비를 넘을 때마다 삶의 의욕을 얻으셨고, 그 의욕을 담보로 자신과의 약속, 신과의 약속을 했었을 것 같다.

분명 하나님이 나를 만드실 때도 이유가 있었을 것이다. 그리고 내게 그 소명을 이루게 하기 위해 고통을 허락하시고, 그 고비를 넘길 때마다 삶의 의욕을 재점검하라는 사인을 보내셨을 거라 생각된다. 훗날 때가 되었을 때 나도 사장님처럼 말할 수 있었으면 좋겠다.

"나는 지금 죽는다 해도 여한이 없다. 매사에 열심히 살았으니까."

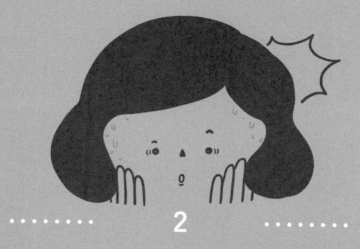

2

아이와 함께 자라는
엄마입니다

(단점을 덮을 수 있는)
장점 한 가지

아… 진짜 그렇게 고르고 골랐건만….

나는 늦은 결혼을 했다. 딱히 결혼에 대한 생각도 없었고, 급하게 할 필요도 없었다. 다행히 동생들이 먼저 가줘서 그나마 엄마의 한숨은 덜어드린 거라 생각했는데, 그래도 큰딸이 안 가고 저러고 있으니 계속 눈에 밟히셨나 보다.

30대 중반이 넘은 딸이 일하다 늦게 들어와도 "왜 늦게 들어와!!!"라는 잔소리로 시작해서 결국에는 "그런데 왜 결혼은 안 하는 건데?"로 끝났다. 그런 모진 서러움과 차별을 극복하면서 선택했던 사람인데 나랑 안 맞아도 너무 안 맞는다. 정말 내게 로또 같은 사람이다. 그때 엄마가 나를 봄 지만 않았어도 이런 서툰 선택은 하지 않았을 텐데… 화가 날 때마다 괜히 엄마 탓을 하게 된다.

　사장 직원 사이라면 자르기라도 하는데 자를 수도 없고… 물론 사장이라고 해서 직원을 마음대로 자를 수 있는 권한이 있다는 것은 아니다. 마음이 정말 그렇다는 얘기다. 그런데 실제 경영을 하시는 사장님은 어떨까….

　30년 동안 회사를 운영하면서 참 많은 사람들이 지나쳐 갔을 것이다. 처음에는 직원들의 이름과 생일까지 다 기억 했는데, 이제는 직원이 300명이 넘으니 일일이 기억하기 어려워서 얼마 전에는 직원관리 어플까지 만들었다. 직원 들이 많으니 서로를 험담할 때마다 사장님이 늘 하시는 말 씀이 있다.

　"세상에 너랑 딱 맞는 사람은 아무도 없다. 100점 만점에 51점만 되면 돼. 이래서 자르고 저래서 자르면 아무도 나 랑 일할 사람이 없다. 너는 100점인 줄 아니? 너도 51점이 야! 다 자르고 너랑 나랑 둘이 일할래?!?!"

기대치가 낮다는 것에 대해서 감사해야 한다고 생각해야 하나, 관대하다고 해야 하나… 51점이라는 낮은 점수라서 내가 살아있는 것일 수도 있다. 51점이라는 것은 미운 점이 많은데 그래도 좋은 점이 한 개 더 있다는 말이다. 딱 하나만 더 찾으면 된다. 내가 그 사람을 좋아할 만한 이유를… 그런데 사실 그걸 찾기가 해변에서 동전 찾는 것만큼 어렵다.

30년 동안 기업을 운영해오시며 사장님은 별의별 사람들과 함께하셨을 것이다. 골머리를 앓다 앓다 지금과 같은 결론을 내리지 않았나 싶다. 많은 단점이 있더라도 그 단점을 덮을 수 있는 단 하나의 장점이 있다면 그걸로 넘어가는 것이다.

많은 사람들이 인간관계에 대해서 어려워한다. 나도 쉽지 않다. 아버지의 독특한 AB형 중 소심한 A형을 닮았고, 엄마의 대범한 O형의 성격도 가지고 있다. 어떨 때 보면 O형의 대범한 성격으로 사람들이랑 잘 지내는 것 같다가도 A형의 소심함이 나온다.

결혼 전에는 많이 까다로웠고, 까칠했다. 굳이 두루두루 친할 필요도 없고, 내 할 일만 잘하면 된다고 생각했다. 여직원들과도 불편하지 않을 정도로만 지냈고, 서로 힘겨루기 하는 사람이 있기는 했지만, 서로 일로 연결되고 필요해서 만나는 관계이니 적당한 거리를 두었다. 그렇게 사람들을 만나며 나도 모르게 평가하고 계산했다. 단점을 발견하면 눈살이 찌푸려졌고, 굳이 장점을 찾으면서까지 그 사람과의 관계를 유지하지 않아도 됐다. 서로 피해 주지 않는 선에서 잘 지냈다고 생각했다.

그런데 경력단절이 길어지는 동안 나도 모르게 관계에 있어서 새로운 훈련이 되었다. 전혀 다른 환경에서 자란 사람과의 생활이 시작되면서 그동안 경험해보지 못한 관계들과 대면하게 되었다. 시월드와의 관계, 처음 경험해보는 아이와의 관계, 아이 또래 엄마들과의 관계, 모임 사람들과의 관계도 지금 생각해보면 관계 훈련의 기간이었다.

이 관계들은 내가 노력해야 이어지는 관계들이었다. 노력해서 되는 관계가 있고 되지 않는 관계들이 있다는 걸

알게 되면서 나는 많이 깨졌다. 지금은 굳이 날카롭게 발톱을 세우지 않는다. 이제는 내게 붙어 있는 살들처럼 둥글둥글하게 지내려고 한다. 넉넉해진 것은 비단 살뿐만 아니다. 관계들을 넓히는 만큼 마음 그릇도 넓어졌다. 나의 단점들을 똑 닮아가는 아이를 보면서 단점보다는 장점을 보려고 한다. 그게 관계에 있어서 좋다는 것을 이제 안다.

화가 날 때에는 어떻게든 '그 사람이 그럴 수밖에 없겠구나…' 하는 이유를 찾으려고 한다. 측은하게 보려고도 노력한다. 그럼에도 100% 다 용서할 수는 없지만 그렇게 생각을 바꾸니 그를 위해서도 나를 위해서도 서로가 좋다!

그 점수가 딱 51점인 것 같다. 딱 한 가지만 찾으면 된다. 단점을 덮을 수 있는 장점 한 가지.

너의 행복을 찾아라,
남의 행복을 쫓지 말고

　보면 안 될 것을 봤다. '브런치'에서 너무나도 매력적으로 글을 잘 쓴 사람의 글을 읽었다. 지하철에서는 보통 핸드폰을 가방에 넣어두고 책을 보는데, 어쩌다 그날은 그의 글을 처음부터 끝까지 다 읽고 말았다.

　브런치의 글을 처음부터 끝까지 다 읽은 것은 그가 처음이다. 프로필을 보니 방송작가란다. 어쩐지… 입에 착 달라붙는 글과 빵빵 터지는 유머 코드는 만화책도 아닌데 계속 키득키득거리며 다음 회를 기다리게 했다. 그렇게 웃다 보면 글이 끝나는데 말미에 생각하게끔 화두를 던지는 그의 글이 참 좋았다.

그런데 문제가 생겼다. 그 글을 다 읽고 나니 내 글을 쓰는 게 어려워지고 말았다. 내 글은 너무 심각하고 재미없게 느껴지는 것이다. 중간에 웃음거리가 하나 정도는 있어야 하는데… 내 글은 세상 심각하고 유머러스한 부분을 찾으려 해도 찾을 수가 없다. 웃겨야 한다는 강박이 자꾸 생기기 시작했다. 웃겨야 하는데… 웃겨야 하는데… 글을 계속 썼다 지우기를 무한반복. 결국 몇 시간째 키보드에 손만 올려놓고 누르지를 못하고 있다.

비교하면 안 되는데 자꾸 비교가 된다. 세상에 이렇게나 글을 잘 쓰는 사람들이 많은데… 내가 쓰고 있는 글들은 괜한 시간 낭비가 아닌가 하는 생각이 들었다. 누군가의 시간을 빼앗는 그런 어처구니없는 짓을 하는 건 아닌지… 나에게 없는 매력들을 장착한 사람들을 보면 저절로 몸이 움츠러든다.

예전에 사장님이 이런 말씀을 해주셨다.
"나처럼 다리가 불편한 사람이 일반 사람들보다 100배 더 노력해서 골프 치는 것을 봤지. 그런데 그게 좋아 보이지 않고 안타까워 보이더라. 나 같으면 못하는 거 인정하고, 내가 할 수 있는 일에서 즐거움을 찾아봤을 거야. 내가 할 수 있는 일 중에서 좋아하는 일을 찾아 그보다 덜한 수고를 한다면 더 즐겁지 않았을까?"

웃기지 않는 내가 유머러스한 글을 쓰려고 하니 결국에는 한 글자도 쓰지 못하고 시간만 보내고 있는 것이었다. 그렇게 자존감에 관한 책과 자기계발서를 읽었는데도 현실에서는 이렇게 무너지는구나. 누군가와 비교하는 것부터가 잘못이라는 것을 알면서도 나도 모르게 글을 잘 쓰는 사람 앞에서는 주눅이 든다.

사장님은 골프를 치지 않는다. 만약 정말로 하고 싶었다면 그 누군가처럼 무리해서라도 했을지도 모르겠다. 하지만 다른 곳에서 자신의 즐거움을 찾으셨다고 한다. 언어 공부. "공부가 취미예요"라고 말하는 이상한 취미지만, 언어 공부를 할 때 가장 즐겁다고 하신다. CNN 뉴스가 잘 들릴 때의 쾌감, NHK 뉴스를 듣는데 모르는 단어가 하나도 없었을 때의 즐거움은 아는 사람만 안다. 남들이 잘 모르는 단어를 나만 아는 것 같은 즐거움, 그것을 누군가에게 가르쳐줬을 때의 짜릿함도 정말 느껴본 사람만이 알 수 있다. 나도 언어를 공부한 사람으로서 그 기분이 어떤 것인지 알 것 같다.

생각에 전환이 필요하다. 굳이 내가 못하는 부분에서 무언가를 찾으려고 할 필요가 없다. 웃기지도 않는 내가 유머러스한 글을 쓴다는 것 자체가 얼마나 스트레스인지 지난 주말 내내 겪었다. 나는 내가 잘할 수 있는 것에서 잘하기로 했다.

내가 잘하는 건 꾸준하게 무언가를 한다는 것이다. 육아일기를 꾸준하게 6년 동안 썼더니 32권이 되었다. 성경 공부는 시작한 지 4년 차가 되었다. 성경을 읽고 쓰고 묵상하는 QT(Quiet Time)를 지금도 계속하고 있다. '내 인생에 다시없을 1년 살기' 모임 운영도 올해로 5년 차가 되었다.

잘하니까 계속하는 게 아니라, 잘 못하니까 잘할 때까지 하는 것이다. 글쓰기도 마찬가지다. 아직은 누구도 알아주지 않는 자기만족에 글을 쓰고 있지만, 언젠가 많은 사람들과 함께 공유하고 나눌 수 있는 사람이 되고 싶고, 그렇게 될 때까지 글을 쓰고 싶다.

배우들도 아주 오랫동안 무명으로 있다가 조연으로 활동하면서 유명해진 사람들이 있다. 라미란이라는 배우가 그랬고, 이정은이라는 배우가 그랬다. 이정은 배우의 인터뷰를 본 적이 있는데, "내가 연기를 못하기 때문에 잘할 수 있을 때까지 해보자!" 하는 마음에 아무리 작은 역할이라도 꾸준하게 그 끈을 놓지 않았다고 한다.

내가 상대해야 할 것은 글 잘 쓰는 방송작가님이 아니라, 자꾸만 흔들리는 나의 인내심이었다. 누가 뭐라고 해도 그 길을 계속 가는 것, 글 잘 쓰는 사람들이 내 눈앞에 들어와도 그 사람들의 천재성은 그대로 인정하고 먼저 보내는 것이다. 포기하지 않는다면 언젠가 나도 라미란 님이나 이정은 님처럼 빛날 날이 있겠지. 아니면 말고… ㅎㅎ

이만큼 살아보니
아등바등 살 필요가 없더라

아침 기상 5시. 나만의 루틴을 돌고 6시 45분 아이와 함께 집에서 나와 7시 친정 도착. 아이 가방이랑 옷 그 외 학교 알림장 확인 후 간단히 아침을 먹고 7시 반 출발.

8시 반 회사 도착 후 하루 일과 시작. 6시 반에서 7시 사이 퇴근. 8시 친정에 가서 저녁 먹고 아이 데리고 집으로 오면 9시. 씻고 간단히 집 정리하면 10시. 1시간 정도 아이와 책도 읽고 숙제 있는 거 봐주면 11시 취침이다.

월요일부터 금요일까지는 위의 스케줄에서 특별하게 어긋나는 게 없다. 가끔씩 지인들과의 저녁 약속이 잡히면 지하철역 근처에서 만나 1시간~1시간 반 정도 후딱 만나고 9시에는 집으로 돌아가는 것이 나의 정해진 생활이다.

그러니 '나' 개인의 생활이 별로 없다. 새벽에 더 일찍 일어나야 내 시간을 확보하는데, 그러기에는 이제 나이가 많다. 잠을 제대로 못 자면 회사 생활에 지장이 있고, 나 또한 멍하게 하루를 보내는 게 싫다.

모든 워킹맘들이 한번쯤 가져본 마음이겠지만, 왜 결혼하고 나만 생활이 바뀌는 것인지 모르겠다. 그렇다고 아이가 싫은 건 아니다. 이제 아이는 내 삶에 없으면 안 될 소중한 존재다. 그래도 그 존재감이 내 삶에 많은 것을 차지하게 되는 것 같아서 가끔은, 아주 가끔은 "나도 내 시간이 필요해~" 라고 말하고 싶다.

많은 선배맘들이 말한다. 지금 그때밖에 없다고. 시간이 더 지나면 아이는 내게 오지도 않고, 아이도 바빠져서 엄마와 함께 지낼 수 있는 시간이 없으니 지금 즐길 수 있을 때 많이 즐기라고. 그 말이 맞다고 생각하기에 더 이상 불평하지 않고 허둥지둥거리면서도 시간을 쪼개서 내 시간을 확보하고자 한다.

나는 늘 빠른 걸음으로 다니거나 뛰어다닌다. 점심을 후딱 먹고 와야 남는 시간에 책 읽은 거 정리라도 할 수 있다. 그전 같으면 밥 먹고 남는 시간에 커피 한 잔과 함께 동료 여직원들과 수다를 떨었는데, 지금은 그럴 여유가 없다. 다행히 나와 나이 차이가 많이 나니 공통된 화제도 없고, 오히려 내가 빠져주는 게 그들을 위해서도 좋다고 생각한다.

게다가 자꾸 잊어버리는 게 많아서 핸드폰 스케줄 란이 빡빡하다. 누가 보면 연예인 줄?? 실은 스케줄이라기 보다 잊으면 안 되는 것들을 빡빡하게 적어놓았다.

늘 분주한 모습이 사장님 눈에도 띄었나 보다. 사장님은 "좀 편안하게 살아라. 이만큼 살아보니 아등바등 살 필요가 없더라" 하신다.

내가 보기엔 사장님은 더 아등바등 사셨던 분이다. 몸이 불편하니 다른 사람보다 훨씬 더 많은 에너지를 썼고, 노력도 많이 했다. 지금은 나이 탓이라고 하지만 하루에 4시간 정도밖에 주무시지 않는다. 그런데 그렇게 열심히 살아오신 분이 내게 편안하게 살라고 조언을 해주신다.

한번씩 나도 생각한다. 내가 왜 이렇게 분주하게 사는지… 누가 시켜서 그런 것도 아닌데, 이렇게 산다고 누군가에게 인정받는 것도 아니고, 돈을 더 버는 것도 아닌데 말이다. 그냥 내가 그러고 싶어서 하는 것이다. 엄마나 동생들도 말한다. "너는 왜 이렇게 힘들게 사냐?" "언니는 왜 그렇게 힘들게 살아?" 식구들이 보기에도 내가 안타까운가 보다.

하지만 육아하고 일하느라 내 시간이 없지만, 어떻게든 쪼개서 내 시간을 만들고 그 시간을 오로지 나만을 위해서 쓰는 게 나는 참 좋다. 잠자는 것보다 좋다. 그러니까 새벽에 일어나지 말라고 해도 눈 비비며 일어나고, 책 읽지 말라고 해도 차 놓고 지하철 타고 다니면서 책을 읽는다.

아주 가끔은 이렇게 헐떡이며 사는 내가 힘들다고 투덜거리기도 하지만, 싫은 것보다 좋은 게 더 많기 때문에 아등바등하면서 산다. 정말 싫으면 하지 않았을 것이다. 할 만하니까 앙탈 부리면서도 한다. 오래 살고 싶은 생각은 없지만 한 번 사는 내 인생에 충실해보고 싶다. 왜냐고 물으면 "그냥 그러고 싶어서"라는 대답밖에 할 수 없다.

요즘 많은 책들이 '아무것도 하지 않아도 좋다' '느리게 천천히 가자' '나무늘보처럼 살자'고 한다. 그런 것을 추구하는 사람이 나를 보면 진상이라고 하겠다. 열심히 살자고 하는 것보다 그냥 나는 내가 좋아하는 것을 조금 더 많이 하고 싶은 것이다. 그렇게 해봐야 시간이 지나 나도 사장님 나이가 되었을 때, 누군가에게 자신 있게 이야기해줄 수 있을 것 같다. "내가 그렇게 살아봤는데, 아등바등 살 필요가 없더라"라고….

(가늘고 길게) 살자

일본에서는 이사를 가면 소면을 먹는다. 소면처럼 가늘고 길게 살라는 의미로 말이다. 한국에서는 반대다. 짧고 굵게 살다 가자고 한다. 어떤 삶이 더 좋을지 모르겠지만, 워낙 짧고 굵게라는 말을 많이 듣고 자라서 그런지 가늘고 길게 살면 왠지 좋지 않은 의미로 느껴진다.

5년간의 경력단절을 겪은 후 재입사하며, 나는 5년 전과 똑같은 직급으로 돌아왔다. 5년 전의 나보다 지금의 나는 훨씬 더 업그레이드 되었는데… 그것을 인증할 수 있는 방법이 없어서 안타까울 뿐이다. 학력이 높아지거나 자격증을 하나 더 딴 건 아니지만, 인간의 성숙미로 봤을 때 진짜 어른이 되어가고 있다고 생각한다.

육아를 하면서 성격도 완전 바뀌어서 "진짜 착해졌다"는 소리도 많이 들었다. 무엇보다도 욱했던 성격이 많이 죽고, 인내심도 많이 늘었다는 것에 감사하다. 다들 애 낳고 아줌마 돼서 싫다고 하는데, 나는 아줌마의 좋은 장점을 잘 이용하고 있다.

아줌마가 되었다고 꼭 나쁜 것만은 아니다. 오히려 나는 "다시 20대 시절로 돌아갈래?" 라고 묻는다면 선뜻 "YES!!!" 라고 말할 자신도 없다. 불안하기만 했던 20대 보다 세상 삶에 나름 익숙한 40대가 좋을 때가 많다. 나이 먹고 편한 점도 늘어났다. 더 이상 이성에게 잘 보일 필요도 없고, 34-24-34의 몸매를 유지하지 않아도 된다(예전에 그랬다는 건 아니다). 딸아이가 엄마 배를 보며 "난 엄마처럼 똥배 나오고 싶지 않아!"라는 말을 하면 "너 때문에 그래! 너 낳기 전에는 나도 날씬했거든!" 하면서 엄마가 나에게 해준 말을 그대로 딸에게 돌려준다. 그냥 그렇게 남 핑계를 대며 맛있는 음식 먹는 즐거움에 푹~ 빠져도 괜찮다.

이제 날씬한 것보다 건강한 게 최고인 나이가 됐다며 면역력을 위해 잘 먹어야 한다고 스스로를 위로한다. 그렇다고 나를 꾸미지 않거나 나를 사랑하지 않는 건 아니다. 다만 필요 없는 곳에 신경 쓰지 않아도 되니 편하다.

나도 모르게 아줌마 근성이 나와도 좋다. 예전에는 시끄러운 것을 싫어하고 괜히 다른 사람의 일에 관여하는 게 싫어서 보고도 못 본 척을 많이 했는데, 이제 정의의 사도가 되었다. 뉴스를 보며 제대로 일 못하는 정치인들을 욕하기도 하고, 상식을 벗어난 사람들을 보면 심하게 흥분하기도 한다. 신고 정신이 투철해졌고, 약자들을 대변해야 할 것 같아 투사가 되었다. 내 아이를 위한 일이라면 목소리를 높이고, 좀 더 살기 좋은 세상을 만들어야 한다며 세상 돌아가는 것에 관심도 갖는 사람이 되었다.

진짜 무엇이 중요한지 이제야 조금 알 것 같다. 지난 5년 동안 나는 많은 새로운 경험을 하며 더 어른다운 어른으로 성숙했고 그것은 분명 사회생활을 하는 데 도움이 많이 될 것이었다. 하지만 사회는 나의 그런 성숙미를 인정해주지 않는다.

억울한 나의 마음을 아셨는지 사장님은 "가늘고 길게 살아. 그게 현명한 거다. 직책에 욕심내지 말고… 일 잘하면 저절로 되는 게 승진이야" 하셨다.

코로나로 모두 다 힘든 이 시기에 빨리 승진한 사람들이 빨리 퇴사를 하는 걸 봤다. 증권가, 금융권에 있는 분들의 임원 진급을 축하한 지 얼마 되지 않은 것 같은데, 상황이 안 좋아지니 그 분들 자리부터 비워지고 있었다.

다행이라고 해야 하나? 나는 예전과 달리 승진에 대해 관심이 작아졌다. 사내 정치에 대해서도 관심이 없어졌다. 같이 휘말리고 싶지 않고, 네 편 우리 편 하면서 편 가르기에 참여하고 싶지도 않다.

"나이 먹어서 그래"라고 할지 모르겠지만, 내게는 이제 그런 게 더 이상 중요하지 않다. 현실에 안주하고 있는 것은 아니다. 정말 사장님 말씀대로 내가 일을 잘하면 사장 입장에서는 잘하는 사람을 세울 수밖에 없다는 것을 이해했다.

내가 욕심을 내려놓는 순간
회사 생활이 정말 재미있어졌다

이제, 작은 일에 예민하게 굴면서 사내 정치에 신경 쓰고 모든 사람이 나의 경쟁자인 것처럼 불편한 인간관계 속에서 살기 싫어졌다. 그런 거 다 필요 없으니까 다 내려놓고 편하게 재미있게 회사 생활을 하고 싶다.

그런데 참 이상하다. 내가 욕심을 내려놓는 순간 회사 생활이 정말 재미있어졌다. 사람들의 좋은 면이 보이고, 어떻게 하면 저 사람을 도와줄 수 있을까를 생각하니 내가 행복해진다. 이렇게 회사 생활을 한다면 오래갈 수도 있을 것 같다. 삶의 반전이다. 이런 게 가늘고 길게 사는 삶이라면 충분히 짧고 굵은 삶보다 좋을 것 같다.

열정을 버리는 순간, 너는 늙은 거야

나는 욕심이 참 많다. 아직도 갖고 싶은 게 많고, 하고 싶은 일도 많다. 4박 5일간의 추석 연휴를 보내자마자, 나에게 이런 황금같은 연휴가 한 번 더 주어졌으면 좋겠다는 생각을 한다. 못다 한 일들이 쌓여 있어서 연휴 기간이 되면 처리해야 할 일들이 많다.

매달 어떻게 보낼지, 또는 그 달에 해야 할 일의 계획을 세워둔다. 모든 게 계획대로 되지는 않지만, 그래도 정리해보면 대략 80%는 계획대로 실천하려고 한다. 꾸준하게 무언가를 한다는 것 자체가 참 좋다. 어차피 계획대로 되지 않는데 왜 계획을 세우냐고 반문하는 사람도 있다.

맞다. 계획대로 되지 않을 때가 더 많긴 하다. 하지만 해야 할 일과 무엇을 하고 싶은지 생각하다 보면 내 삶을 더욱 풍성하게 꽉 채울 수 있다. 비록 그 길이 정답은 아니지만 다른 길을 가더라도 후회되거나 아쉽지는 않다.

"나는 늙었다고 생각하지 않는데, 어느 날 내가 늙었다는 생각이 들 때가 있단다. 바로 사고 싶은 물건도 없고, 하고 싶은 일이 없을 때… 그때 나는 나 자신이 늙었구나… 하는 생각이 든단다."

사장님은 이제 능력이 있어서 자신이 원하는 물건을 다 살 수 있는 형편이 되었는데, 막상 그렇게 되니 사고 싶은 물건이 없어지는 이 아이러니한 현상은 무엇일까? 젊었을 때는 그렇게 갖고 싶은 것도 많고, 벌여놓은 일들이 많아서 그 일에 치여 살았으면서 말이다. 지금은 딱히 먹고 싶은 것도 없고 가고 싶은 곳도 없다고 한다.

"열정이 식는 순간, 나는 늙은 거였어."

다행이다. 나는 아직 늙지 않았다는 것을 스스로 증명하게 돼서….

"내가 40대 때는 말이야, 정말로 미친 듯이 일했다. 세상 무서운 줄도 몰랐지. 그런데 그렇게 일을 한 게 후회가 없더라."

많은 사람들이 나에게 이야기해준다. 지금이 바로 미칠 시기라고…. 아이도 어느 정도 컸고, 아직 40대라 뭘 해도 늦은 나이는 아니라는 것이다. 회사에서는 여직원 중에 가장 나이 많은 사람인데, 아직도 밖에 나가면 40대는 뭔가 시작해도 되는 나이라고 인정해준다.

나는 아직도 하고픈 일들이 많다. 책도 많이 쓰고 싶고, 그 책을 통해서 사람들에게 도움이 되는 사람이 되고 싶다. 내 사업도 하고 싶다. 늘 꿈꿔왔던 여성들을 위한 사업을 해보고 싶다. 아직까지 하고 싶은 일이 있고, 해야 할 일들이 많다는 것에 대해서 진심으로 감사하게 생각한다.

지금 하고 있는 일들은 누군가 시켜서 하는 일이 아니다. 돈이 되지는 않지만, 그냥 그 일들이 재미있어서 한다. '여행으로 준비하는 초등 입학'이라는 팟캐스트를 공동운영하면서는 매주 새로운 콘텐츠를 만들어야 하는 기분 좋은 스트레스를 받았다.

나는 밤마다 골아 떨어져 잔다. 잠을 자는 건지 기절을 하는 건지 모르겠다. 꿈도 꾸지 않고 쓰러졌다가 겨우 일어난다. 그런데 아침에 눈을 뜨는 것이 싫지 않다. 몸은 피곤하지만, 해야 할 일들이 있고, 나를 기다리는 회사가 있고, 또 회사가 끝나면 집으로 돌아와 나를 위해 하는 딴짓과 뻘짓이 있기 때문에 즐겁다. 나는 회사 일에만 매달려 있거나, 육아에만 전념했다면 굉장히 우울해할 타입이다.

욕심나는 일들이 자꾸 보인다. 혼자 말고 주변 사람들과 함께 성장하고 싶은 것이다. 그래서 '1년 살기' 모임에서 사람들에게 뭔가 해보자고 자꾸 권유한다. 누구 하나 싫다고 했다면 계속 일을 벌이지 않았을지도 모른다. 그런데 신기하게도 내가 뭐 하자고 하면 아무도 반대를 안 한다.

게다가 모두들 어떻게든 결과를 만들어내고 있다. 재작년에는 8명이 작가가 되더니 작년에는 6명이 작가가 되었다. 1년지기 모든 멤버들을 다 작가로 만들고 싶다는 욕심이 스멀스멀 올라온다. 이를 발판 삼아 이제 자신의 개인 책을 쓴다는 사람들도 늘어나고 있다. 진짜 너무 힘들어서 다시는 하지 말아야지 다짐했다가 이런 분들 보면서 '내년에도 또 해야겠다' '다른 사람들에게도 기회를 만들어줘야 겠다' 라는 오지랖이 자꾸만 생겨난다.

최근에는 이들과 함께 EYIRA 뉴스레터 발간작업을 시 작했다. Everything You can Imagine is Real, 말 그대 로 "당신이 상상할 수 있는 모든 것은 현실이 된다"를 만들 어보고 싶었다. 주변 사람들을 설득하여 기획을 하고 컨셉 을 잡아 매월 2회 뉴스레터를 발행하고 있다. 나화 함께 있 는 사람들의 성장을 돕고 싶다. 새로운 일을 추가하게 되 었지만 뉴스레터가 발행될 때마다 점점 좋아지고 있는 사 람들의 글을 보며 뿌듯함과 동시에 밀려오는 뭉클함은 덤 이다. (네이버에 '에이라 뉴스레터' 라고 치면 바로 구독신 청으로 연결됩니다!)

지금 내 일도 겨우겨우 하면서 앞으로 또 이 사람들과 어 떤 일을 벌여보지? 하는 미친 생각을 하기도 한다. 진짜 가 끔씩 이런 내가 정상이 아닌 것도 같다. 어쩔 수 없다. 이 렇게 사는 게 재미있으니… 난 지금의 내가 좋다!

(다른 사람에게 칼을 꽂으려면 제대로 꽂아라)

회사 창립 30주년 기념행사를 했다. 행사 준비를 하면서 그동안 이곳을 스쳐 지나간 분들도 초대했다. 초대에 응하신 분들도 많이 계셨고 그렇지 못한 분들도 계셨다. 여러 사정들이 있겠지만, (나도 그랬지만) 한 번 그만둔 곳을 다시 찾는다는 건 쉽지 않은 것 같다.

전에 사장님이 이런 말씀을 해주셨다. "다른 사람에게 칼을 꽂으려면 제대로 꽂아라. 어설프게 꽂으면 맞는 사람도 꽂은 사람도 둘 다 아프기만 하다."

좀 이상하게 들리는데, 정말 맞는 말이다. 회사를 그만둔다는 말을 하는 것도 쉽지 않겠지만, 그렇게 그만두려고 하면 제대로 준비해서 잘하라는 것이다. 사장님 입장에서는 여기 있었던 사람이 다른 곳에 가서 뭔가 잘 안 된다는 말을 들었을 때 가장 속상하다고 한다. 나도 그럴 것 같다.

나는 직원이라서 그런지 늘 떠나는 사람들의 입장에서 생각했다. '저 사람은 자신의 꿈을 찾아 나아가는구나.' 그 사람이 잘되는 건지 잘못되는 건지도 모르면서 여기를 벗어나는 것이 자신의 꿈을 찾는 거라 생각했다. 나도 퇴사를 하면서 왠지 여길 나가서 뭔가 하면 할 수도 있을 것 같은 꿈이 있었고, 아이 키우면서 내 일도 찾아서 성공한 케이스들을 보면서 나도 그렇게 할 수 있을 줄 알았다.

그렇게 1~2년간 육아에 전념했다. 교수들이 자신의 연구를 위해서 1년간 안식년을 갖는 것처럼 나 또한 그동안 열심히 살았으니 스스로에게 주는 안식년이라 생각했다. 그런데 그 안식년이 길어지니 슬슬 불안해지기 시작했다. '경력단절 여성'이라는 말도 참 듣기 싫었다.

꾸준히 무언가를 했다. 소규모 무역도 해보고, 사람들도 가르쳐보고, 책도 꾸준히 읽으면서 글을 쓰고 강의도 했다. 딱히 망한 것도 없지만 성공한 것도 없다. 정말 미친 듯이 열심히 해보지도 못했고, 내 모든 것을 걸지도 못했다. 아이가 있으니까… 육아가 먼저니까… 아직은 시기가 아니야… 하면서 스스로 그럴싸한 이유를 만들었다.

사장님 표현에 의하면 '정말 제대로 칼을 꽂지 못했다.' 그랬기 때문에 사장님께 연락을 먼저 드리지 못했다. "요즘 뭐하고 사니?" 물으실 게 뻔한데 제대로 답할 수 없을 것 같았기 때문이다. "육아하고 있어요" 해도 뭐라 하지 않았을 텐데 스스로 자신이 없었다. 사장님이 자주 이용하시고, 나와 연결되어 있는 SNS는 사용하지 않게 되고 사장님이 가끔 올리는 소식만 봤다. 여전히 열심히 일하시는 모습과 나 없어도 잘 돌아가는 회사를 보면서 이유 모를 한숨을 내쉬곤 했다.

많은 여성들이 나와 비슷한 경험을 할 것이다. 아니면 앞으로 그런 경험을 할지도 모른다. 먼저 경험한 사람으로서 혹시 육아로 인해 퇴사를 고민하는 여성들에게 말해주고 싶다. "한 번만 더 고민해봐" 라고. 정말로 칼을 갈 듯이 진짜 준비를 제대로 하고 나서 그만둬도 괜찮다는 말을 해주고 싶다.

어설프게 꽂고 나오면 맞는 사람도 꽂은 사람도 둘 다 아프기만 하다. 나는 그걸 경험했다. 제대로 준비하지 못했었고, 마음만 앞섰다. "육아 때문에 어쩔 수 없이 퇴사하는 거야" 라는 하얀 거짓말로 나 자신을 속였었다. 그때 나는 아무런 준비도 되어 있지 않았고, 부푼 꿈만 갖고 있었다.

듣기 좋게 "망한 건 없지만 성공한 것도 없어!" 라는 것도 나 자신을 위한 말이다. 나는 실패했고, 그 경험들만이 차갑게 식어버린 쓴 커피처럼 남아 있다. 아무것도 안 하고 있었던 것보다는 낫다고 스스로 위로한다. 실패도 경험이라며 나 자신을 토닥거렸다. 맞아, 그래… 하면서도 위로가 되지 않는 걸 보면 아직도 풀리지 않는 응어리가 있는 것이다.

한동안 '퇴사 학교'도 있고 '제대로 퇴사하기'라는 말이 유행일 정도로 퇴사를 아름답게 표현한 말들이 많았다. 그런 분들에게 〈미생〉에 나온 말을 해주고 싶다.

"회사가 전쟁터라고? 밀어낼 때까지 그만두지 마라. 밖은 지옥이다."

위험한 것에 과감히 뛰어드는 것만이 용기가 아니다. 묵묵히 나의 길을 가는 것도 용기다. 그때는 그걸 몰랐다. 불나방 같았던 나의 30대가 있었기 때문에 지금처럼 생각할 수도 있는 것 같다.

그렇다고 내가 회사에 눈치 없이 60살까지 버티겠다는 말은 아니다. (이거… 사장님 보시면…) 다음번에는 제대로 칼을 갈고 나갈 것이다. 숨통을 끊어줄 만큼… 제대로 칼을 간 다음에 휘둘러야겠다. (헉! 너무 무서운 말이지만, 그럴 각오로 나가겠습니다! 충성!)

(남에게 다 줘라,
그게 네가 성공하는 방법이다)

최근에 《기버》라는 책을 읽었다. 그 책을 읽고 기버는 정말로 성공한 사람들의 공통점이 아닌가 하는 생각을 했다. 왜냐하면 나도 수없이 사장님한테 그 말을 들었기 때문이다. "줘라. 그게 남는 거다."

나로서는 도저히 이해가 되지 않는 계산법이다. 어떻게 주는데 남는 계산이 되는 것일까?

상대방을 배려하게. 상대방의 이익이 뭔지 살피고 그 사람의 뒤를 돌봐주게. 50 대 50 따위는 잊어버려. 그건 무조건 지는 전략이라네. 100퍼센트. 승리를 거두는 유일한 전략은 바로 100퍼센트를 주는

거야. 상대방이 이기도록 하는 게 바로 내가 이기는
길이지. 상대가 원하는 바를 이룰 수 있게 해주게.
다른 사람의 승리에 집중하는 걸세.

－《기버1》

나는 '내 인생에 다시없을 1년 살기'라는 모임을 5년 차
운영해오고 있는데, 여기서 '기버 문화'를 배우고 있다. 나
는 일본 경제를 전공했고, 일본 회사에만 십여 년 넘게 일
을 했다. 그러다 보니 전형적인 일본 사람들의 습성과 저
절로 비슷해지는 것 같다. 앞에 나서는 것보다 뒤에서 조
용히 이끄는 사람을 따르는 편이다. 말이 많은 것보다도
조용히 혼자서 사색하는 것을 좋아하는 내성적 성향의 사
람이었다.

'1년 살기' 멤버들은 대부분 엄마이고 자기 자신을 사랑
하며 육아를 하면서도 자신의 발전을 원하는 사람들이다.
한 달에 한 번 모임을 통해서 자신의 한 달을 되돌아보고
또 앞으로의 한 달에 대해서 나눔을 한다. 강사님을 모셔
서 좋은 강연을 듣기도 하고, 자신의 재능을 나눔으로써

서로 윈윈하며 지낸다.

그런데 이야기를 하다 보니 이분들의 공통점을 발견했다. 주변에 이런 사람들이 많지 않다는 것이다. 아이를 등원시켜놓고 엄마들 모임에서 커피를 마시며 아이들의 학원을 알아보는 것이 아니라, 자신들의 성장을 위해서 책을 읽고 공부를 하는 엄마들은 주변에서 별종 취급을 받는 경우가 많았다.

나 또한 그런 별종 중 하나다. "넌 왜 이렇게 힘들게 사니?" 라는 말이 내가 가장 많이 들어온 말이다. 이렇게 별종들이 모여서 그런지 서로가 서로의 사정을 잘 안다. 열심히 책을 읽고 자기 성장을 하지만, 그것이 돈으로 연결되지 못하면 인정받지 못하는 현실에 자주 무너져내린다.

좌절해본 사람만이 그 마음을 안다. 노력하지 않은 것도 아닌데, 충분히 노력했는데 결과가 수익으로 연결되지 않으면 본인도 좌절하지만 주변에서 내뱉는 차가운 한 마디가 이들을 더 흔들어놓는다.

그래서 나는 이들에게 더 마음이 가는지도 모르겠다. 내가 그것을 5년간 겪어봤기 때문에 1년 차 때의 마음, 2년 차 때의 마음이 구구절절 느껴진다. 그러다 보니 이들에게 뭔가 계속 해주고 싶은 마음이 든다. 물론 내가 돈이 많거나 능력이 탁월해서 그런 것은 아니다. 그 마음을 아니까 안타깝고, 나라도 토닥토닥 해주고 싶은 것이다. 그러다 이분들의 비범함이 보이기 시작했다. 정말 그 비범함을 살려보고 싶었다.

정말 비싸게 돈 주고 배운 지식들도 다 줬다. 내가 할 수 있는 것뿐만 아니라 할 수 없는 것까지 했다. 나는 누군가를 이끄는 성격이 아닌데 이들 덕분에 앞에 서게 되었고, 사람을 리드하는 법을 배웠다. 이들과 함께하고 싶어 내가 가진 책 쓰는 노하우를 공개했고, 같이 쓰기 시작했는데, 이 모임을 통해서 13명이 작가 타이틀을 갖게 되었다. 나도 이 모임을 하면서 개인적으로 두 권의 책을 썼고 공저로 두 권의 책이 나왔다. 사람들에게 디딤돌을 만들어 주고 싶어서 한 일인데, 덕분에 내가 책을 쓰게 된 계기가 되었다.

모임을 통해서 수익을 얻을 생각은 없다. 정말 섬기는 마음으로 했다. 사람들 마음이 다 나와 같지 않기에 받은 상처도 많다. 하지만 사람들 덕분에 내가 행복했고, 웃을 수 있었고, 할 수 없는 사람에서 할 수 있는 사람이 되어가고 있다.

자꾸 나에게 잘한다 잘한다 하니까 진짜 잘하는 사람이 되고 싶어서 열심히 했더니 정말 잘하는 사람이 되었다. 손이 두 개밖에 없어서 그 두 개를 주었더니 사람들이 내게 하나씩 무언가를 주기 시작했다. 나는 지금 내 손에 다 들 수 없을 정도로 많은 사랑을 받고 있다. 그리고 내가 무언가를 하려고 할 때, 나를 무조건 응원해주는 사람들이 생겼다.

혼자서 이 길을 가고 있다고 생각했는데, 주위를 돌아보니 나는 혼자가 아니라 20여 명의 사람들과 함께 걷고 있었다는 것을 알게 되었다. 각자의 길을 가더라도 함께 있다는 느낌을 받을 때 사람은 안도와 위안을 얻는 것 같다. 다른 사람들을 세워주고 그 사람이 정말로 행복해지길 바라는 마음으로 했던 일들 덕분에 내가 서게 되었고, 내가 그들 덕분에 행복해졌다.

수학에 약한 내가 그것을 수학적으로 증명하기에는 정말로 어렵다. 하지만 《기버》에 나온 내용처럼 모든 것을 줄 때, 그 이상의 것이 새끼까지 쳐서 내게 다시 되돌아온다는 것을 경험을 통해 배웠다. 그래서 사장님이 내게 해주신 말을 진심으로 권해본다.

"줘라. 남에게 다 주어라. 그것이 새끼 쳐서 네게 다시 돌아올 것이다!"

(세상에서 제일 어리석은 사람)

추석 연휴에 친구 미용실에 머리를 하러 갔다. 코로나라 그런지 미용실은 한산했다. 그런데 조용했던 미용실 밖에서 갑자기 큰소리가 났다. 머리를 말다가 친구가 뛰어나갔다. 옆 건물에 사는 아주머니가 운전기사 아저씨와 소리를 지르며 대판 싸우고 있었다. 자기 건물 앞에 왜 차를 세웠냐고 차 빼라고 고함을 친 것이다.

친구에게 들어보니 그 아주머니는 이런 사건을 자주 일으키는 것으로 매우 유명했다. 그런데 그분에게도 딱한 사정이 있었다. 몇 년 전에 그 집에 도둑이 들었는데, 도둑이 아주머니를 치고 도망을 갔다고 한다. 재정적으로 손해 본 건 없었지만, 워낙 놀란 아주머니는 그 이후 집 건물 전체에 cctv를 설치하고 하루 종일 cctv만 보고 있다가 집 주위에 누가 차를 세우거나, 누군가가 서성거리면 쫓아내려와 뭐라고 한다는 것이다.

처음에는 동네 사람들도 사정을 알고 딱하게 봐줬다가 정도가 너무 심하니 이제는 이상한 사람 취급을 한다고 했다. 자신의 건물 앞에 잠시 정차하는 것도 뭐라고 하고, 그 앞에서 담배 피운다고 쫓아내려오고 매번 큰소리로 싸우다 경찰까지 부르는 일이 잦아지자 이제는 사람들이 그 아주머니를 피한다고 한다.

미용실에 있는 사람들은 한편으로는 이해한다면서도 너무 예민한 그분과 마주치지 말아야지 하며 피해 다녀야겠다고 했다. 친구도 그 아주머니 때문에 영업에 방해가 될 때가 많다면서 마주치지 않기를 희망했다. 더 많은 사연들이 있겠지만, 그분은 자신만의 세계에 스스로 외롭게 사는 것 같다.

"세상에서 가장 어리석은 사람이 누구인 줄 아니? 자신의 옆에 사람이 없다는 거… 그것만큼 비참한 것이 없단다." 이 사실을 모르는 사람이 가장 어리석은 사람이란다.

사람들이 찾지 않는다는 건 여러 가지 이유가 있다. 그중 하나가 베풂이 없다. 그 사람한테 가면 얻을 것이 없다고 생각하면 아무도 그 사람 곁에 가지 않는다. 얻을 게 없다는 게 꼭 물질적인 것만은 아니다. 그 사람 곁에 있으면 따스함을 느낀다거나, 즐거움을 느끼는 것도 얻을 수 있는 것 중 하나다. 기본적인 나눔이 없으면 아무도 그 사람 곁에 가려고 하지 않는다. 그분도 이웃들에게 자신의 공간에 대해 조금만이라도 베풂이 있었더라면… 사람들이 일부러 피해 다니지는 않았을 것 같다.

직장생활을 하면서 여러 사람들을 만난다. 그런데 좋지 않은 사람들의 평가를 보면 대부분 "그 사람은 자기 돈으로 커피 한 잔 산 적이 없어!" 라는 말을 듣는다. 꼭 무언가를 얻어먹어야 직성이 풀리는 건 아니다. 특히나 직장생활에서는 기브 앤 테이크가 없으면 관계 맺기가 힘들다. 나한테 얻으려고만 하지 주는 것은 없다고 생각하면 더 이상

관계 맺는 것을 꺼리게 되고, 결국에는 가장 먼저 관계를
끊는 사람이 된다.

나눔을 아는 사람은 현명한 사람이다. 주변에 사람이 많
다거나 좋은 인상을 풍기는 사람들을 보면 항상 나눔을 하
고 있다. 그들을 관찰해보면 무언가를 얻으려고 나눔을 하
는 것이 아니다. 나눔이 몸에 배어 있고, 그것을 기꺼이 즐
거운 마음으로 하는 사람들이다. 나눔의 효과가 얼마나 큰
지 아는 사람들인 것이다.

돈이 많거나 물질이 많아야만 나눔을 할 수 있는 건 아니
다. 그런 마음이 있는 사람이 하는 것이다. 주변 사람들에
게 나눌 수 있는 것들은 의외로 많다. 나의 시간, 관심, 공
간, 커피 한 잔, 그 외에도 내가 가지고 있는 것 중에 작은
일부라도 나눔이라는 것을 할 수 있다.

별거 아닐 수도 있지만 가끔 아침을 못 먹고 나온 출근길
에 나는 빵을 사면서 몇 개 더 산다. 아침을 안 먹고 오는
직원들에게 하나씩 주기 위해서다. 비싸봤자 몇 천 원이
다. 커피 한 잔 생각날 때 내 커피 한 잔만 사 가지고 오는

게 아니라, 한 잔 더 사서 사장님을 챙겨드린다(사장님께 잘 보이고 싶은 마음에 그러는 건 아니다).

내 것 사는 김에 하나 더 사서 나눔을 하는 것이다. 나에 게 월급 주는 사장님, 회식 때나 밥 먹을 때 당연히 회사 카드로 내지만 결국 사장님 카드다. 늘 사장님은 직원에게 사주는 사람인 것처럼 인식되어 있는데, 2~3천 원 하는 커피 한 잔, 직원이 사장님 사드릴 수도 있다. 세상에 당연한 것은 없다. 내 돈이 소중하면 다른 사람의 돈도 소중하게 생각하면 된다. 그 작은 생각이 행동을 바꾼다.

이렇게 생각이 바뀌게 된 건 육아를 하고 나서부터다. 그전에는 정말 나밖에 몰랐던 사람이었는데, 아이를 낳고 육아를 하다 보니 다른 아이들이 보이기 시작했고, 이제는 주변의 사람들이 눈에 들어온다. 아이를 낳고 육아에 전념 해본 시간은 결코 헛된 시간이 아니었다. 이제 나는 사람을 성숙하게 하고 타인을 생각하는 마음을 갖게 되었다.

미용실 옆 건물 그 아줌마가 자신의 공간을 사람들에게 나눔을 했더라면, 사람들은 최소한 그분을 피해 다니지는 않았을 겻이다. 내가 커피 마실 때 내 옆에 있는 사람까지 생각한다면 최소 그 사람은 나를 적으로 생각하지는 않을 것이다.

지금 내 옆에 사람이 없다면 내 행동을 되돌아봐야 한다. 사람이 많아야 좋은 건 아니지만, 정말 사장님 말씀대로 늙어서 내 옆에 사람이 없다는 것만큼 비참한 것은 없는 것 같다.

(약자에게 더 잘해라)

8년 반 동안 한 직장에서 열심히 근무했다가 5년간 경력 단절 경험을 했다. 그리고 다시 직장에 나가게 된 지 3년차가 되었다. 다시 직장생활을 해보니 그때는 몰랐던 것들을 이제야 알게 된 것들이 꽤 많다. 사람들과의 관계도 그렇고 삶에 관해서도 그때보다 지금이 훨씬 더 여유로워졌다.

170cm에 53kg이었던 꼬챙이 시절, 나는 말랐던 내 몸만큼이나 성격도 예민했고, 까칠했다. 건들면 물어버리는 그런 사람이었다. 아이를 낳고 경력단절을 겪고 복귀한 지금, 늘어버린 몸무게만큼 내 생활의 여유도 늘어났다. 굳이 사람들과의 관계에 있어서 발톱을 세울 이유가 없어졌

다. 날카롭게 굴어봤자 손해 보는 것은 나라는 것을 알게 되면서 굳이 그럴 필요가 없었다.

실제 내 지갑의 돈은 그때보다 더 나간다. 그때는 내가 벌어서 나 혼자 썼는데 지금은 내가 벌어서 온 가족이 다 쓴다. 그런데도 여유가 생겼다는 것은 급여가 올라가서만은 아니다.

나눔을 통해서 사람들에게 받는 것들이 꽤 많다. 사무실 청소를 도와주는 여사님은 나만 보면 떡을 가져다주신다. 건물 화장실 청소를 하시는 분은 나만 보면 자신이 드시려고 했던 요구르트를 주신다. 아무리 괜찮다고 사양을 해도 내 주머니에 푹 넣어주시는 통에 감사하게 받는다.

회사 건물에 들어가면 경비 아저씨가 큰소리로 인사를 해주신다. 그리고 내가 꺼내야 할 우편물이 저 밑에 있는 것을 보고 늘 도와주신다. 회사 안내 데스크에 있는 직원은 대형 피자를 사서 들고 가는 나를 막지 않고 다른 길로 안내해주신다.

왜 이분들이 나에게 잘해주실까? 내가 뭐라고… 내가 이 건물 회장님 딸도 아니고, 일개 사원인 나에게 왜 유독 나에게 이렇게 잘해주시는 것일까? 답은 한 가지다. 내가 이분들에게 하는 것은 고개 숙여 인사하는 것뿐이다. 이건 사장님께 보고 배운 것이다.

"있는 사람, 높은 사람들에게 더 큰소리 치고, 약자에게는 잘해라!"

한 건물에서 30년 가까이 있으니 사장님은 이 건물에 있는 웬만한 상가 사람들이 다 안다. 또 휠체어를 타고 다니시니 한 번 만나면 절대로 잊어버릴 수 없이 각인이 된다. 엘리베이터에서 만나 "안녕하세요, 요즘 일은 어떠세요?"라고 인사를 나누는 분들은 건물 상가 주방에서 일하시는 분이다. 서로 격의 없이 이야기를 나누다 엘리베이터에서 내린다. 나중에 그 식당에 가면 우리가 주문한 요리에 무언가가 하나 더 얹혀서 나온다.

꼭 뭘 더 얻어먹으려고, 뭘 받으려고 하는 말이 아니다. 인사 잘하는 것만으로도 주변의 사람들을 얻을 수 있다는 말을 하고 싶다. 요즘에는 무서운 사람들이 많다. 코로나로 인해 사회가 어수선한 만큼 또 언택트 시대인 만큼 사람과 사람 간의 만남도 적어지고, 따뜻한 정을 느끼기도 어려운 시대가 되었다. 내 옆집에 누가 사는지도 모르고 산 지 꽤 오래되었다.

그런 시대에 사는 만큼 누군가를 만났을 때 나누는 인사는 서로 간의 정을 느끼게 되고 사람 사는 냄새가 느껴진다. 아직까지 한국 사람들에게는 정이라는 것이 있다.

"안녕하세요? 오늘 립스틱 색상이 너무 잘 어울리세요."

"안녕하세요? 우편물 받아주셔서 감사합니다."

"지금 퇴근합니다. 안녕히 계세요."

별거 아니지만 "안녕하세요?" 라는 의무적인 인사말 보다 뒤에 뭔가 한마디를 더하면 듣는 사람도 기분 좋고, 말하는 나도 덩달아 기분이 좋아진다. 아이 엄마가 되면 수다쟁이가 되어야 한다고 했다. 아이는 엄마의 말을 통해서 말을 배우기 때문에 아이가 말을 못 할 때 엄마는 아이에게 계속 말을 걸어주는 것이다. 그렇게 자란 아이는 다른 아이들보다 말도 빨리 배우고 말도 잘하는 아이로 자란다

170cm에 53kg, 꼬챙이처럼 말랐던
예민하고 까칠했던 시절을 지나
엄마가 되고 아줌마가 되어 여유도 생기고
"안녕하세요?" 인사를 나누는
'정'과 따스함도 알게 되었습니다.

고 육아서에서 배웠다.

그렇게 5년을 지내며 나도 모르게 말이 많아졌다. 인사를 할 때 그 뒤에 한마디를 덧붙이면서 얼굴을 트게 되었다. 아줌마 근성일지도 모르겠다. 그리고 아줌마가 되니 이야기 폭도 넓어져서 어느 날에는 여사님들의 며느리 이야기며, 장가 안 간 아드님 이야기, 속 썩이는 딸내미 이야기 등등 안부를 여쭤봐드리는 것만으로도 서로 정이 쌓이는 걸 느끼게 된다.

예전에는 이렇게 인사를 하는 게 부끄러웠다. 겨우 고개만 까딱하고 지나가곤 했다. 그러니 누가 누구인지도 모르고, 한 건물에 8년을 넘게 다니면서도 제대로 인사하는 사람들이 회사 사람들 외에는 없었다.

그런데 다시 복귀하고 나서는 인사하기 바쁜 사람이 되었다. 청소하시는 분, 아침에 녹즙 배달해주시는 분, 택배 배달하시는 분들에게도 인사한다. 처음에만 쑥스럽지 그다음에는 별로 그렇지도 않다. 나중에는 그분들이 먼저 나에게 인사해주시기 때문에 나 또한 덩달아 기분 좋게 인사한다. 정말 인사만 잘하고 다녀도 회사 생활이 달라진다. 속는 셈 치고 한번 해보시라~.

(월급의 힘)

직장인 1년, 3년, 5년쯤 되면 한 번씩 권태기가 몰려온다. "내가 지금 이 회사를 그만두어야 하나?" 왠지 나가서 뭔가를 해도 할 수 있을 것 같다. 왜 이렇게 자수성가해서 성공한 사람들이 많은지… 이때쯤 되면 알아서 그런 소식들이 내 귀에 쏙쏙 들어온다. 저런 젊은 사람도 하는데 나도 할 수 있지 않을까? 20대 청년들의 성공 스토리를 들을 때마다 솔깃했었다. 언젠가는 나도 그들처럼 멋진 CEO가 되어야지 했었다.

이런 마음은 급여일이 되면 더 확고해진다. "내가 이 돈 받으려고 이렇게 살아야 하나?" 하는 것이다. 원래 주는 사람은 많이 준다고 생각하고, 받는 사람은 적게 받는다고 생각하는 게 월급이다. 월급날 통장에 들어오는 돈은 곧바로 여기저기서 빼가기 때문에 정작 월급 받았다는 기쁨은 잠시, 금세 허무해진다. 내가 카드 쓴 건 생각도 안 하고 카드회사에서 내 돈 빼간 것만 속상하다.

어찌 되었건 육아로 인해서 회사를 그만두었고, 나도 다시 회사로 돌아가는 건 어려우니 무언가를 해서 경제활동을 했으면 좋겠다고 생각했다. 그런데 세상은 내 편이 아니었다. 뭘 해도 잘 안 되었다. 마이너스 상황이 되지 않은 것만으로도 감사해야 하는데 내 욕심은 그보다 훨씬 컸기에 만족스럽지 않았다. 그렇게 5년을 보내다가 다시 직장으로 돌아왔다.

직장에서는 내가 일을 잘하든 못하든, 매출이 떨어지든 오르든, 코로나로 일을 제대로 하든 못하든 매월 25일이 되면 내 통장으로 돈을 보내준다. 직원으로서 25일은 감사한 날이다. 내가 제대로 출근만 했다면 무슨 일이 있어도 월급은 나오니까 말이다.

요즘같이 코로나 사태로 일자리를 잃는 사람들이 많은데, 월급이라는 것을 받으면 정말로 다행이다. 자영업 하는 사람들이 자신의 가게 문을 닫고 다른 곳에서 아르바이트를 하며 임대료를 메꾼다는 말이 심심찮게 들려올 정도로 상황은 심각하다.

경력단절 기간은 내가 20살 이후에 처음으로 경제활동을 해보지 않았던 5년이다. 늘 어딘가에 고용되어 월급을 받았던 내가 월급이 아닌 남편의 돈으로 생활을 했었다. 처음에는 좋았는지 모르겠지만 정말 잠시였다. 눈치가 보여서 제대로 쓰지 못했다. 아무리 괜찮다고 해도 이상하게 남편의 돈은 내 마음대로 쓰지 못했다.

다시 일을 시작한 후 나는 월급의 힘을 알게 되었다. 매월 같은 날짜에 같은 돈이 들어오니 계획을 세울 수가 있고, 이 돈을 모아서 무엇을 해야겠다는 꿈을 꿀 수가 있다. 내 돈이니 십일조도 낼 수 있고, 누군가에게 기분 좋게 선물을 할 수도 있다. 다른 사람의 돈으로는 쉽지 않은 일이다. 이게 참 행복한 꿈이라는 것을 예전에는 몰랐다. 그때는 왜 이까짓 월급이라 했을까? 돈의 소중함을 몰랐던 것은 아니지만, 이거 아니어도 된다는 건방진 생각을 한 것 같다. 나의 노동으로 번 돈이 얼마나 소중한지 몰랐다. 그리고 세상을 너무 우습게 봤다.

아주 작은 경험이지만 5년 동안 개인적인 일을 해보면서, 돈을 번다는 게 쉬운 일이 아니라는 것을 알게 되었다. 급여를 받을 때면 정말로 감사하다. 물론 금세 공허해지지만 그다음 25일이 되면 또 내 통장에 급여가 채워질 것을 알기에 작은 사치도 할 수 있다.

내가 나에게 주는 작은 사치, 6,000원짜리 초코 자바칩 프라푸치노 한 잔 사 마시는 것이다. 초콜릿과 생크림이 산처럼 쌓여 있는 모습을 보기만 해도 당이 충전된다. 한 달 동안 고생한 것에 대한 보상치고는 작은 것이지만, 이미 급여는 내 것이 아니기에 이것으로도 크게 만족스럽다.

남이 사주는 것보다 내가 일한 대가로 받은 내 돈으로 사먹는 게 세상에서 가장 속 편하고 맛있다. 누군가의 눈치 보지 않고 밥 한 끼 살 수 있다는 것은 또 얼마나 감사한 일인가! 일할 수 있다는 것에 감사, 25일 채움을 느낄 수 있어서 감사, 누군가와 나눔을 할 수 있어서 진심으로 감사하다. 이게 바로 월급의 힘이 아닐까!!

잡고 있던 것을 놓을 때 비로소 성장하게 된다

시간이 흘러 아이는 초등학교에 들어가고 나는 서서히 직장인으로서 자리를 잡았다. 아직 코로나 상황은 변함없지만 아이는 매일 학교에 가고 나는 매일 회사로 출근한다. 삶이 이렇게 익숙해졌다.

휴가를 내고, 아이와 함께 손잡고 등교를 했다. 아이가 입학하고 나서 처음 있는 일이다. 처음 아이의 손을 잡고 학교에 간 것이다. 아이도 할머니와 다니던 길을 엄마랑 손잡고 가니 기분이 좋은가 보다. 연신 실실 웃으며 걸어간다.

학부모는 교문 앞까지만 갈 수 있다고 했다. 잡았던 아이의 손을 교문 앞에서 놓았다. 기분이 이상했다. 아직은 내가 더 잡고 있어야 할 것 같은데, 내가 교실까지는 데려다줘야 할 것 같은데, 아이는 쿨하게 엄마의 손을 놓고 손까지 흔들며 들어간다.

어린이집에 처음 간 날도 아이는 뒤도 안 돌아보며 쿨하게 엄마의 손을 놓고 선생님 손을 잡고 들어갔다. 유치원에 들어갈 때도 그랬고, 초등학교 입학식 때도 그랬다. 내가 아이의 손을 놓을 때마다 아이는 내가 생각했던 것보다 훨씬 더 성장해 있었다. 앞으로도 아이는 내 손을 놓을 때마다 더 성장할 것이다.

아이의 손을 놓으면서 생각했다. 내가 너무 움켜쥐며 살고 있지는 않았을까?

이 아이가 내 아이라는 생각에 내가 손잡으려 했고 아직은 더 잡고 있으려고 했던 것은 아닐까? 세상의 모든 것이 내 것이 아니라는 생각을 하면 인생이 자유로워진다고 했다. 내 것이라는 그 생각 하나가 세상의 모든 것을 움켜쥐게 한다.

아이도 내 것이 아니다. 내가 낳았지만 이미 내 뱃속을

떠난 아이고, 언제든 내 손을 놓고 나아갈 수 있는 아이인 것이다. 내가 가지고 있는, 재산이라고까지 할 수 없는 물질들, 이것 또한 내 것이 아니다. 내 것이라고 생각하는 순간 나는 거기에 갇혀버리게 된다. 내 것이 아니고 언제든 주신 분이 거둬갈 수 있다고 생각하면 그 안에서 평안하게 생각할 수 있다.

이렇게 생각하면 세상에 내 것은 아무것도 없는 것 같다. 그래서 불안하지는 않다. 오히려 마음이 편안해진다. 손으로 움켜쥐고 있다가 갑작스럽게 하늘로 가게 되면 무슨 소용이 있단 말인가!

삼성 이건희 회장이 돌아가시면서 남겼다는 편지가 SNS에 떠돌고 있다. 진짜 그의 글인지 모르겠지만 그 글에는 이런 말이 있었다.

내가 여기까지 와보니 돈이 무슨 소용이 있는가요?
무한한 재물의 추구는 나를 그저 탐욕스러운 늙은
이로 만들어 버렸어요. 내가 죽으면 나의 호화로운

별장은 내가 아닌 누군가가 살게 되겠지, 내가 죽으면 나의 고급 차 열쇠는 누군가의 손에 넘어가겠지요. 내가 한때 당연한 것으로 알고 누렸던 많은 것들… 돈, 권력, 직위가 이제는 그저 쓰레기에 불과할 뿐…

그러니 전반전을 살아가는 사람들이여!
너무 총망히 살지들 말고,
후반전에서 살고 있는 사람들아!
아직 경기는 끝나지 않았으니 행복한 만년을 위해 지금부터라도 자신을 사랑해 보세요.
전반전에서 빛나는 승리를 거두었던 나는,
후반전은 병마를 이기지 못하고 패배로 마무리 짓지만 그래도 이 편지를 그대들에게 전할 수 있음에 따뜻한 기쁨을 느낍니다.
바쁘게 세상을 살아가는 분들…
자신을 사랑하고 돌보며 살아가기를…
힘없는 나는 이제 마음으로
그대들의 행운을 빌어줄 뿐이오!

손에 든 것들을 내려놔야 한다. 내려놓을 줄 아는 사람이 가장 무서운 사람이라고 했다. 내가 사장님에게 가장 많이 배운 것도 내려놓는 것이었다. 사장님은 처음부터 내려놓을 수밖에 없는 상황들 때문에 억울해했다. 누가 다리가 불편한 채로 태어나고 싶었나! 탄생은 자신의 뜻대로 할 수 있는 것들이 아니다. 하지만 사장님은 자신의 울타리를 깨셨다. 사장이 되었기 때문만은 아니다.

나를 가둬두는 울타리를 스스로 깨야 강해질 수 있다. 신체 멀쩡한 나는 스스로 수많은 울타리 안에 가두고 있었다. 워낙 돈이 없었고 가난했기 때문에 열심히 일하지 않으면 안 되었던 환경, 그렇게 해서 모은 물질들이니 절대로 잃어서는 안 된다는 생각에 내 두 손에는 힘이 들어가 있었다. 내 손 안에 두고 다 움켜쥐고 있어야 안전하다 생각했고, 내려놓는 순간 나는 모든 것을 다 잃는다고 생각했었다.

내 아이가 내 손을 놓고 교문을 들어설 때 나는 알았다. 내 손을 놔야 아이가 더 성장할 수 있다는 것을… 그리고 내가 움켜쥐고 있던 것들을 다 내려놔야 나 또한 더 성장할 수 있다는 것을 알게 되었다. 내 손이 비어 있어야만 다른 것으로 채울 수 있고 또 내려놓을 수 있는 것이다. 내려놓을 때 비로소 나는 성장한다.

(지금 내가 있는 곳이) 천국

힘든 일을 겪었다. 일주일 만에 5kg이 빠졌다. 그동안 그렇게 이런저런 다이어트를 시도해보고 저탄고지 식단으로 바꿔봐도 몇 백그램 정도 왔다갔다 하더니 역시⋯ 다이어트에는 마음고생만한 게 없구나⋯.

상황이 힘드니 마음이 지옥이었다. 누군가가 나를 대신해서 이 일들을 해결해주었으면 좋겠다는 생각이 간절했다. 하지만 내 일이다. 그 누구도 대신할 수 없는 나의 일이다. 누군가를 미워하는 마음이 가장 괴로웠다. 미운 감정은 그 누군가에서 나 자신에게로 확대되어갔다. 나는 이것 밖에 안 되는 사람이라고 스스로를 자꾸 깎아내렸다.

신앙인으로서 이래도 되는 건가 하는 자책감도 들었다. 말로는 믿는다 해놓고선 일흔 번씩 일곱 번을 용서하라는 그 말씀은 실천하지 못했다. 속상했고 상황이 정말 싫었다. 아이 앞에서는 티를 안 내려고 했다. 딸아이는 엄마만 보니까, 엄마의 상태가 자기 자신의 상태가 된다. 8살이지만 눈치가 너무 빨라서 아이 앞에서 좌절하는 상태로 있을 수가 없다.

나는 엄마니까… 그 타이틀이 나를 세웠다. 잔인한 말일 수도 있겠지만, 엄마니까 일어서야 했고, 드러누워 있을 수만은 없었다. 울고불고 떼쓰고 싶은 소녀 같은 감성도 있지만 이럴 때일수록 냉정해야 했고 감성이 아닌 이성으로 대해야만 했다. 누워서 내 팔자를 탓할 겨를이 없다. 울면서도 그 다음은 어떻게 해야 하지? 라는 생각을 할 수밖에 없었는데, 그랬기 때문에 빨리 일어설 수 있었다. 그래서 한편으로는 감사했다.

와… 이런 상황에서도 감사가 나오네.

이런 생각을 하는 내가 스스로에게 놀랐다. 나에게 감사는 없을 줄 알았는데, 감사했다.

심난한 마음에 새벽기상이 저절로 되었다. 해가 일찍 뜨는 요즘은 5시만 되어도 훤하다. 대충 옷을 갈아입고 마스크 쓰고 아파트 단지를 돌았다. 북한산 둘레길이 있는 우리 집은 아파트 어디에서나 북한산을 볼 수 있다. 그것 때문에 여기로 이사 왔는데 제대로 즐기지 못하고 있었다. 언제든 갈 수 있다는 생각에 잘 움직이지 않았다. 남들은 일부러 날 잡아서 시간 내서 오는 곳인데 말이다.

그날따라 산이 왜 이렇게 웅장한지… 내가 있는 곳에서 바라본 북한산은 카메라 화면을 꽉 채울 정도로 거대하게 보였다. 동이 터오는 새벽하늘은 무척 아름다웠고, 하늘의 구름은 한 폭의 그림이었다. 아침을 알리는 부지런한 새들의 노래 소리도 어찌나 아름다운지… 나는 그날 새벽, 굉장한 장관 속에 서 있었다.

너무나도 감사했다. 내가 이런 곳에 산다는 것도 감사했고, 오늘 아침 일찍 일어난 것에 대해서도 너무나 감사했다. 잠을 설치면서 걱정하고 고민했는데 이미 다 잊었다. 나는 자연이 만들어준 작품을 감상하느라 감동과 설렘이 내 가슴에 꽉 차는 이상한 감정을 경험했다.

내가 지금 지옥에 있다고 생각했었다. '지옥도 내 마음만큼 힘들거나 복잡하지 않을 거야.' 힘들고 우울했는데 그 안에서 자꾸 감사함이 찾아졌다. 별거 아닌 일에도 감사하다. 새벽같이 일어난 것도, 늘 보던 북한산과 새벽하늘을 새삼스럽게 보게 된 것도, 새들의 노랫소리를 듣게 된 것도, 이것을 보고 감격하게 된 것도 다 감사하다.

딸이 있어서 그 앞에서 표현도 못하는 내가 불쌍하다는 생각도 했었다. 그런데 아니다. 딸 덕분에 나는 사는 방법을 찾아야 했고, 다시 일어설 준비를 하려고 한다. 그리고 우울한 감정과 슬픈 감정이 내 마음에 오래 있을 수 없었던 것도 오히려 감사하게 생각된다.

이렇게 똑같은 상황이지만 그 안에서 감사를 찾게 되니 내가 있는 곳이 천국이 되었다. 조금 전까지는 지옥이었지만, 생각을 바꿈으로서 나는 천국에 와 있다.

찬송, 감사, 순종이 충만하면 어떤 일을 하든, 어떤 상황에 있든 천국을 누릴 수 있다고 하용조 목사님이 말씀하셨다. 새들이 불러준 찬송, 그리고 이 모든 것을 보며 감사함을 느낀 나, 항상 기뻐하라는 말씀에 산책을 끝내고 집으로 돌아오는 나는 훨씬 마음이 가볍고 발걸음이 경쾌해졌다. 오늘 나는 천국을 경험했다.

3

오늘도,
캔디처럼
살기로 했다

(리더의 외로움)

지금이야 코로나 때문에 회식이 없어졌지만 예전에 회사 전체 회식자리에 가면 사장님 자리를 중심에 두고 가운데가 홍해 갈라지듯 갈라졌다. 직원들은 대부분 사장님 자리와 먼 곳부터 앉는다. 아무래도 사장님이라는 타이틀 부터가 어렵고, 또 어른이시니 함께 뭘 한다는 게 불편한 것이다.

점점 직원들의 나이가 어려지니 사장님과 나이 차이는 계속 벌어지고 있다. 이미 아버지보다 훨씬 더 위에 계신 분이 되니 직원들이 어려워하는 것은 당연하다. 아무리 사장님이 편하게 대해줘도 직원들은 그냥 어렵다. 점점 더 함께할 기회가 줄어든다.

사장이라는 자리는 어려운 자리일 뿐 아니라, 외로운 자리라고 한다. '어렵다'는 것은 이해했지만, '외로운' 이라는 말은 솔직히 이해하지 못했다. 그런데 이제 조금 그 의미를 알 것 같다.

나도 한 모임의 리더 역할을 맡고 있다. 벌써 5년 차가 되어간다. 여성들 모임이 5년 차가 된다는 건 쉬운 일이 아니다. 좋은 사람들이 많지만 그 안에서 좋은 일만 있을 수는 없다. 속상한 일이 많았어도 즐거운 일이 더 많았기에 계속 해올 수 있었다. 모임을 통해서 여러 성과를 내기도 했다. 멤버들이 발전하는 게 보였고, 서로가 서로를 위하는 게 느껴졌다.

그럼에도 불구하고 나는 이 모임을 계속 유지해야 하나 말아야 하나를 수시로 고민한다. 더 좋은 모임을 만들기 위해, 어떻게 하면 지금보다 더 좋을 수 있을까, 하는 고민과 더불어 끝을 흐지부지하게 하고 싶지 않으니 리더는 늘 어려운 자리다.

물론 내가 다 하는 건 아니다. 나보다 더 많은 수고를 해주는 멤버들이 있다. 하지만 어떤 일을 하든 그 책임감이 내게는 따른다. 그냥 신경 끄고 있어도 될 것을 성격상 그게 또 안 된다. 소외된 사람이 없는지, 누가 무슨 일이 있는 건 아닌지, 전체 그림을 보고 맥을 짚지 않으면 모임이 원활하게 유지될 수가 없다. 그래서 늘 이번까지만… 올해까지만… 마음을 다잡다가 멤버들이 좋아하는 모습, 발전하는 모습을 보면 또 마음이 흔들린다.

얼마 전에 모임 활동을 통해서 두 번째 책이 나왔다. 5명의 작가가 새롭게 탄생했다. 내가 모임을 통해서 가장 잘한 일이 있다면 사람들에게 글을 쓰게 해서 그 글이 책으로 세상에 나오게 한 것이다. 책이 많이 팔리면 좋지만 그렇지 못하더라도 그것을 통해서 사람들이 자신감을 얻고 할 수 있다는 마음을 갖게 되기를 진심으로 희망한다. 다행히 글도 좋았고, 시기도 좋았고, 운도 좋아서 그 책이 빛을 보고 있다. 너무나도 감사한 일이다.

지난해는 유독 힘들었다. 정말 이번이 마지막이야!!라는 것을 스스로 몇 번이나 다짐했는지 모르겠다. 사람들이 힘들게 하는 것보다 상황이 힘든 이유가 컸다. 코로나 때문에 한 치 앞을 예상할 수 없었고, 그로 인해 내가 하려고 했던 계획들이 무산되었다. 코로나 블루로 한동안 바닥을 기고 있을 때 '책'이라는 결과물이 나왔을 때 정말로 기뻤다.

책을 쓴 5명의 작가들이 너무나도 좋아하는 모습을 보며 보람 있었고 뿌듯했다. 우리는 이런 상황에서도 작은 북콘서트를 개최했다. 사람들이 모였고, 작가들은 자신의 이야기를 했다. 감동이었다. 2월에 계획했던 일이 안 될 것 같았는데, 그 어려운 여건 속에서도 이렇게 멋진 결과물들을 만들어내다니 감동이었다.

'다행히 좋게 마무리할 수 있겠다' 라고 생각한 것도 잠시… 또 소외된 사람들이 눈에 들어오기 시작했다. 이번 책 만든 사람들도 그 전 해에 소외되었다고 느껴진 사람들이었다. 그분들이 눈에 들어왔기 때문에 해가 바뀌어 또 이분들과 일을 벌이기 시작한 것이다.

'오우… 하나님… 제발…' 나도 모르게 마음속으로 이 말을 외쳤다. 지금 상황은 너무나도 기쁜 상황인데 기뻐할 수가 없었다. 순간 외롭다는 생각이 들었다. 또 생각에 잠겼다. 내년에는 어떻게 무슨 일을 벌여서 이들과 함께해야 하나….

모임을 그만둬야겠다는 것은 금방 잊고 나는 또 내년에 이분들과 벌일 일들을 생각하고 있다.

이 모임에서 리더 역할을 하면서 사장님을 더 많이 이해하게 되었다. 우리 회사가 30주년이 되어 많은 사람들이 축하해주러 왔고 축하 파티를 하며 화려하게 하루를 보냈다. 회사가 발전한 것만 보면 엄청 좋은 일이고 축하해줘야 하는 일인데, 나는 그것보다 리더의 감춰진 뒷모습을 읽게 되었다.

여기까지 이 사람들을 끌고 오느라 얼마나 힘들었을까? 얼마나 많은 사람들이 리더의 속을 뒤집었을까? 활짝 웃는 미소 속에 감춰진 어두운 그늘을 이제야 볼 수 있게 된 것 같다.

(실력을 키워라, 실력으로 말해야 해)

　경력단절 기간에 어느 목사님이 쓴 책을 우연히 읽었다. 사람을 치유하는 듯한 그분의 글이 너무 좋았다. 그때 막 상담이라는 것이 대중화되었던 때였나 보다. 그분의 블로그를 염탐하던 중 소규모 모임을 한다고 해서 바로 지원했다. 그랬더니 사전 질문이 메일로 왔다. 그 질문 중에 과거를 회상하는 질문이 있었다.

　"어렸을 때로 돌아가서 가장 기억에 남는 한 장면이 있다면 어떤 장면입니까?"

　요즘에야 이런 질문들이 책으로도 나올 정도로 자신을

되돌아보는 질문들을 많이 하고 또 그 답을 쓰면서 자기 자신을 알아가는 책이 많이 있지만, 그때는 처음으로 이런 질문을 접해서 무슨 말을 어떻게 써야 할지 몰랐다.

그래서 나의 어린 시절을 되돌아봤다. 그랬더니 정말 지금까지 한 번도 생각해보지 않았던 딱 한 장면이 생각났다. 어릴 적 나는 부모님과 따로 살았다. 그런데 어느 날 아버지가 나를 자전거 뒤에 태우고 엄마와 아빠, 동생들이 있는 그곳으로 데려가 주셨다.

아버지는 내가 태어난 후 사고로 손가락을 많이 잃으셨다. 아마 그래서 일을 그만두고 어느 동네에서 작은 슈퍼마켓을 엄마와 함께 운영했던 것으로 기억한다. 내 머릿속에 한 장면은 그날 밤 잠을 자는데 슈퍼마켓 옆에 붙어 있던 작은 방에 아빠가 대각선으로 자고 그 양옆으로 나와 둘째, 엄마가 누웠는데 막내는 자리가 없어서 엄마 배 위에서 잠을 재웠다. 막내와 내가 4살 차이가 나니 그때의 나는 대략 5살 정도 되었을 것이다. 그런데 그 어린 내가 생각한 건 '내가 여기 오면 안 되겠구나'였다. 정말로 영화의 한 장면 같은 기억이다.

그 이후로 내가 거기를 갔는지 안 갔는지는 모르겠다. 왜 갑자기 그 장면이 또렷이 떠올랐을까? 아무튼 그 이후로 나는 할머니한테 "왜 나는 엄마 아빠랑 떨어져 살아요?"라는 질문은 하지 않았다. "할머니 할아버지가 첫 손녀라 너를 유독 예뻐하셔서 떨어져 산거야" 라는 답변을 그냥 믿기로 했다.

20살이 되자마자 경제활동을 했다. 세상에서 가장 어려운 말이 "엄마, 나 뭐 사야 하는데 돈 좀 주세요"였다. 말하면 안 주시는 건 아니었는데, 한숨을 푹 쉬며 "얼마나 필요한데?"라고 말하는 엄마한테 돈을 말하는 것 자체가 죄스러울 때가 많았다.

그때부터 안 해본 아르바이트가 없을 정도로 일을 했다. 또래 친구들이 호프집에서 맥주를 마시며 놀 때 나는 그들의 호프를 날랐다. 새벽에는 에어로빅 강사일을 해서 돈을 벌었고, 주말에는 예식장 아르바이트, 저녁에는 파트타임으로 어떤 일이든 했다. 그렇게 번 돈으로 대학과 대학원을 다녔고, 일본 유학도 다녀오고 호주도 다녀왔다.

혼자서 울기도 많이 했다. 아르바이트 하면서 속상한 일들이 생길 때마다 울었고, 일본과 호주에서 돈이 떨어져서 통장에 0원이 찍혔을 때도, 외국에서 말이 통하지 않아 억울하고 속상해서도 울었다. 그렇게 울 때마다 나는 점점 혼자 눈물을 닦을 줄 알게 되었고, 허접한 사람들이 절대로 무시하지 못하는 사람이 되겠다고 결심했다.

그때 흘렸던 눈물이 지금의 나를 만들었다. 나는 실수하지 않으려고 노력했고, 조금이나마 완벽해지려고 노력했고, 행복해지려고 스스로를 다그쳐나갔다. 그리고 내가 원하는 것을 하나씩 만들어가면서 여기까지 왔다.

사장님 또한 억울한 일을 많이 당하셨다. 그런데 그럴 때마다 자기 자신을 다졌고 결국에는 실력으로 말해야 한다는 것을 깨달았다고 한다. 그래서 나한테도 자주 말씀해 주신다.

"실력을 키워라, 실력으로 말해야 해."

몇 년 전만 해도 나는 이 이야기의 본질을 못 느꼈다. 그냥 사장님이니까 직원한테 하는 말이야, 하면서 흘려넘겼다. 그런데 나의 과거를 되돌아보고 나 또한 왔던 길을 되짚어보니 결국에는 내가 내 실력으로 틀을 깨고 나와야 한다는 것을 알게 되었다. 억울하다고 울고 끝났으면 나는 그냥 울보인 것이다. 나는 내 틀을 깨고 싶어서 칼을 갈았다. 그렇게 수많은 아르바이트를 하면서도 버틸 수 있었던 것은 현실을 벗어나고 싶은 내 꿈이 있었기 때문이다.

누군가는 어린 나이에 이런 경험을 한 나를 안타깝게 생각할지도 모르겠다. 하지만 철이 일찍 든다고 해서 불행한 것도 아니다. 진정한 행복은 자신이 처한 상황을 정확히 인식하고 혹 상황이 나쁘더라도 절망하기보다는 자신이 할 수 있는 것들을 찾아내 무언가를 성취해낼 때 얻어질 수 있다고 생각한다.

여유롭지 못한 환경에서 뭐든지 다 내가 해야 했고, 어릴 때부터 아르바이트를 하며 많이 짓밟혀봤기 때문에 더 이상 다른 사람들에게 무시당하지 않도록 실력을 키워야 한다는 것을 알게 되었다. 그리고 기회는 내가 만드는 만큼

생긴다는 것도 알았다.

지금은 내가 가진 모든 것에 감사한다. 가난했던 어린 시절도, 무시당했던 그 시절도 지금의 내게는 가장 좋은 영양제가 되었으니 말이다.

(무조건 이기는 싸움의 기술)

나는 싸움에 있어서 고수는 아니다. 가능하면 싸움을 피하려고 하고, 싸우는 일을 만들지 않으려고 한다. 트러블이 생길 것 같으면 그전에 끊어버리곤 했다. 굳이 싸워가면서 관계를 이어나가고 싶지 않은 이기적인 마음이 크다.

언젠가 사장님이 싸움의 기술을 가르쳐주셨다.
"아무리 화가 나도 참아라. 큰 소리 내는 사람이 지는 것이다."

꼭 이 말을 듣고 실천하려고 한 것은 아니지만, 나는 화가 날 때면 소리를 지르지 않고 오히려 목소리를 낮춘다.

말을 많이 하면 실수를 할 수 있기 때문에 오히려 말이 적어지고, 목소리 톤도 낮아지면서 차분해진다. 사람들은 이런 나를 보면서 더 무섭다고 한다. 같이 소리 질러야 싸움이 되는데 오히려 차분하게 말을 하니 큰 소리로 싸우는 사람이 오히려 제풀에 지친다. 이게 나의 싸움의 기술이라면 기술이라 할 수 있겠다.

그런데 이런 나의 기술을 무안하게 만드는 초특급의 기술이 있었다. 아마 아무도 못 당하는 기술이 아닐까 한다. 이런 기술에 뭐라고 이름을 붙여야 할지 모르겠지만, 그래도 이름을 붙인다면 "선으로 악을 이기는 기술" 정도로 표기할 수 있겠다.

남편과 대판 싸웠다. 그날도 나는 나의 기술을 이용해서 차근차근 나의 할 말을 다 하고 있었고, 남편은 큰 소리를 치며 자신의 기운을 다 빼고 있었다. 풀릴 것 같지 않은 실타래가 엉킨 기분이다. 나 또한 이번만큼은 용서하지 않으리라 다짐하고 있었다.

분이 풀리지 않아서 한참을 씩씩대고 있는데, 진짜 싸움의 고수가 나타났다. 싸움의 고수는 내게 말 한마디 하지 않았다. 짧은 문자 하나로 나는 이미 패배자임을 인정하게 되었다. 싸움의 고수는 다름 아닌 시어머니. 시어머니가 내게 문자를 보내셨다. '내가 아들을 잘못 키워 너를 속상하게 했구나. 미안하다. 아가야.'

고수는 고수를 알아본다. 문자를 받고 내가 너무 잘못하고 있음을 깨달았다. 이러쿵저러쿵 100마디 말보다 정곡을 정확히 찌른 한 마디에 나는 무릎을 꿇었다.

사장님 옆에서 사람들 상대하는 방법에 대해서 많이 봐왔다. 사장이라고 하면 정말 편할 줄 알았는데, 사장이기 때문에 어려운 점이 한두 가지가 아니라는 것을 많이 느낀다. 그중 하나가 관계다.

비즈니스를 하려면 많은 사람들과 관계를 맺어야 한다. 그리고 그 관계 속에서 여러 가지 일들을 만들어나간다. 비즈니스로 만나 바로 계산기부터 꺼내드는 사람들이 많다. 그 사람들은 초짜다. 진짜 싸움을 못하는 사람들은 눈

앞에 있는 이익밖에 보지 못한다.

진짜 고수는 다 주는 것 같으면서도 정말 필요한, 진짜 중요한 한 가지를 가져오는 사람이다. 싸움에서 이기는 방법은 먼저 상대방을 생각하는 것이다. 상대방이 가장 갖고 싶어 하는 것이 무엇인지 파악하는 것이 좋다. 사람들은 눈앞에 있는 것이 진짜라고 착각한다. 하지만 진짜는 뒤에 있다.

물건을 파는 건 맥거핀(영화에서 중요한 것처럼 등장하지만 실제로는 줄거리에 영향을 미치지 않는 극적 장치를 뜻함)일 뿐이다. 실제로 사장님은 자신의 마음을 팔고, 그들의 마음을 산다. 이때 따라오는 수익은 덤이다. 옆에서 14년을 지켜보면서 가장 큰 수확이라면 이 원리를 깨달았다는 것이다. 이것은 곧 삶의 기술이 되고, 싸움에 있어서 무조건 이기는 기술이 된다.

내가 시어머니를 고수라고 판단하게 된 건 시어머니는 일반적인 시어머니의 틀을 깨신 분이기 때문이다. 며느리가 더 큰 잘못을 했더라도 이것을 자신의 잘못으로 돌릴 줄 아는 시어머니는 많지 않을 것이다. 드라마에 등장하는 많은 시어머니들처럼 "우리 아들이 어떤 아들인데!! 네가 잘못했으니까 이런 일이 벌어졌지" 하며 그 자리에서 나를 기죽이려고 했다면, 아마 이 싸움은 크게 번졌을 것이다. 하지만 고수의 싸움은 달랐다. 우선 당신의 아들이 아닌 며느리의 마음을 읽어주셨다. 무엇이 필요한지 판단한 다음 며느리가 가장 원하는 것, 며느리의 편을 들어주신 것이다. 어머니는 자신의 마음을 내주었고, 나는 그 마음을 받고 고수 앞에서 무릎을 꿇었다.

하수는 눈앞의 이익만 본다. 고수는 몇 수 더 생각해서 멀리 본다. 하수는 자기 자신만 생각한다. 고수는 상대방을 먼저 생각한다. 상대가 나를 어떻게 생각하는지 알게 되면 그 마음에 감동하게 되고, 점점 감동을 넘어서 그의 선한 영향력에 빠질 수밖에 없다. 영향력이란 상대방을 좌지우지하는 능력이라고 생각해서는 안 된다. 진정한 영향력은 상대가 스스로 느끼고 행동하게 하는 것이다.

172

사장님 덕분에 진짜 고수를 알아보는 눈이 생겼다. 그리고 싸움의 기술과 더불어 삶의 기술까지 얻게 되었다.

기술을 익혔으니, 앞으로는 제대로 싸워주겠어! 다~ 덤벼~!!

삶의 권태기로
숙성되다

    회사 생활이 쉬워졌다. 조금 더 솔직히 말하면 편해졌다고 해도 괜찮겠다. 내가 나이가 많고, 나보다 어린 친구가 많기 때문에? NO!!! 절대 그건 아니다. 90년대 이후 세대들은 70년대 세대가 만만하게 볼 상대가 아니다. 오히려 꼰대 소리 듣지 않으려고 더 겸손하게, 더 어렵지 않게 대해주려고 한다. (음… 이건 나만의 생각일지도 모르겠다. 그들은 전혀 그렇게 생각하지 않을지도.)

    5년 전과 도대체 무엇이 달라졌기에 그때와 지금은 이렇게 다를까? 우선 그때로 돌아가 생각해보자.

    그때의 나는 골드미스였다. 세상에 아쉬울 것 하나 없었다. 결혼 안 했다는 것만 빼면 굳이 다른 사람들 입에 오르락내리락할 일도 없었다. 대학원 졸업 후 한 회사에서 8년 차 근무하고 있었기 때문에 일도 익숙했다. 나름 거래처 사람들과도 친해져서 웬만한 실수도 하지 않았고, 실수를 하더라도 내 능력 안에서 커버할 수 있는 힘과 재량도 있었다. 가끔씩 친구들을 만나 즐거운 시간도 보내고, 좋은 강연도 찾아다니면서 들었다. 건강을 위해 검도도 열심히 배웠고, 영어, 일어를 잊어버리지 않기 위해 찾아다니면서 공부했다. 재테크에 관심이 있어서 재테크 강의도 열심히 쫓아다녔고, 새로운 사람들을 만나면서 그들과 또 다른 교제를 했다. 1년에 한두 번은 나를 위한 선물로 해외여행도 다녔다.

어느 누구에게도 꿀리지 않았다. 당당했고, 못할 게 없다고 생각했다. 신은 나의 편이었고, 세상은 나를 중심으로 돌아간다는 엄청난 자만심에 빠져 살았다. 그랬었다. 태어나면서 쥐어진 것은 없었지만 내가 노력하면 가질 수 있다고 생각했다. 내가 원해서 갖지 않는 것뿐이지 없어도 괜찮다고 생각했었다.

그럼 결혼 후에는 무엇이 달라졌을까?

갑자기 아이를 낳고 여러 사정 때문에 일을 그만두게 되었다. 20살 이후 계속 경제활동을 해오면서 내가 경제활동을 하지 않는다는 것을 생각해본 적이 없었다. 처음에는 나에게 주어진 상이라 생각했지만, 점점 기간이 길어지면서 불안했다. 좋은 회사에 가기 위해서 대학원을 졸업했는데, 아이 낳고 재취업하려고 하니 대학원 나오고 한 회사에 오랫동안 일한 나이 많은 여성은 부리기 힘든 사람이 되어 있었다. 아이 때문에 9 to 6 일을 할 수 없어서 내가 할 수 있는 일들을 찾아서 했는데, 생각처럼 잘 되지 않았다. 자신만만했던 사람이 점점 자신이 없어져갔다.

내가 경제활동을 할 때는 돈의 힘이라는 게 있었다. 그런데 경제활동을 하지 않으니 그 힘이 없어졌다. 먹고사는 것 외에도 돈이 주는 힘이 있다는 것을 그때 알게 되었다. 삶은 내가 원하는 대로 흘러가지 않는다. 아이를 낳고 우울증이라는 것도 처음 걸려봤다. 당시는 몰랐는데 나중에 보니 그게 산후우울증이었다. 처음 겪어본 육아가 힘들었고, 당황스러웠다. 무엇보다도 마음이 많이 아팠다.

뭐든 계획대로 움직였던 내가 계획조차 세우지 못하는 사람이 되었다. 좌절하는 횟수가 많아졌고, 남편과의 관계, 시댁과의 관계도 어색해졌다. 행복해지려고 결혼했는데, 결혼하고 내가 생각했던 행복과 거리가 멀어졌다.

그전까지만 해도 노력하면 얻을 수 있었는데, 이제는 내가 노력해도 얻을 수 없었다. 다시 무언가 해보려고 하면 아이가 걸렸다. 정말 불공평했다. 진짜 열심히 하는데도 자식한테는 매일 죄인이 되는 기분이 들었다. 실패만 있고, 해도 안 되는 것 같은 상황에서 무언가 작은 성공을 하게 되면 그게 그렇게 감사했다. 전에는 당연했던 일들이 이제 당연하지 않았다.

골드미스 때는 내가 이 회사 아니어도 나는 충분히 이직 가능한 사람이고 어디 가서 무슨 일이라도 하면서 밥은 먹고 살 자신이 있었다. 내가 받는 월급은 내가 하는 일에 비해 작고, 회사에서는 나를 제대로 인정해주지 않는 것 같아 불만이었다. 그런 마음이 있으니 사람들도 곱게 보이지 않았다.

경력단절 시기. 나의 힘을 기르기 위해 여러 가지 일들을 벌여봤기 때문에 안다. 내 사업을 한다는 건 정말 쉽지 않다는 것을, 그리고 얼마든 간에 매월 같은 날 같은 금액의 돈이 들어온다는 것이 얼마나 큰 축복인지를, 그때는 월급은 마약과 같은 거라 했는데, 아니다. 월급은 내가 하고 싶은 일들을 하게 해주고, 내 꿈을 이룰 수 있게 해주는 무기였다. 다른 사람들과 일해보면서 직원 마인드로 일하는 사람과 함께 일한다는 것이 얼마나 힘든 것인지도 알게되었다. 많은 실패 속에서 저절로 겸손해졌다. 그리고 내 뜻대로 될 수 없다는 것을 인정하고 나서 하나씩 내려놓을 수 있었다.

내가 원해서 내려놓는 것이 아니라 주위 환경, 나의 상황, 그때의 일들이 나를 그렇게 만들어서 너무나 억울했었다. 그 억울한 상황에 익숙해지면서 눈물이 났다. 혼자 눈물을 닦는 건 20대에 끝낸 줄 알았는데 40대에도 마찬가지였다. 이 길이 맞는 건가? 아닌가? 계속 갈팡질팡하며 꾸준히 무언가를 했다. 하다가 안 되면 다시 돌아오고, 또 안 되면 새로운 길을 찾아보고… 잘 가는 것 같다가 또 아닌 것 같으면 옆길로도 가보고… 이렇게 나는 내 삶의 권태기라는 긴 터널을 지나왔다.

그런데 삶에 있어서 재미있는 건 언제나 반전이 있다는 사실이다. 그 방황의 경험들은 나를 숙성시켰고, 성숙하게 해주었다. 내가 방황했던 그 길들은 누군가에게 지도가 되고, 내가 흘렸던 눈물이 다른 사람들의 눈물을 닦아주는 경험을 하게 되었다. 덕분에 사람들을 이해할 수 있게 되었고, 나처럼 아파하는 사람들이 눈에 보이기 시작했다. 그리고 진짜 중요한 것이 무엇인지도 알게 되었다.

예전에 사장님은 내게 "노인의 말을 귀담아들어라" 라는 말을 자주 해주셨다. 그때는 잔소리로만 느껴졌고, 꼰대들의 이야기라고만 생각되었던 말들이 이제야 이해가 되었다. 나쁜 일이 생겨도 이것 또한 지나갈 것이고, 언젠가 나는 다시 회복할 것이다. 그리고 인생이 꼭 나쁜 일만 있는 것이 아니라, 좋은 일들과 함께 온다는 것도 알게 되니 조금은 덜 흔들린다. 이 원리를 이해하니 사회생활이 조금 편해졌다.

나에게 해코지하는 사람도 그만의 인생의 짐을 짊어지고 있는 사람이다. 그러니 이해해주자. 너무 힘이 들어 자신의 삶에 투정을 부리고 있는 것일 뿐, 내게 악감정이 있는 것은 아니니까. 겉으로 평화로워 보이는 사람들도 모두 어려운 문제 하나씩은 갖고 있다. 그러니 안타깝게 여기고 긍휼하게 여겨주자. 지금 짊어진 그 짐이 너무 무거워 버겁다 생각이 들 때 이 또한 지나가리… 라는 노인들의 지혜를 빌려보자. 그 말이 얼마나 나를 위로해줄지 경험하게 될 것이다.

(사람이 사람에게 기적이 된다)

드라마를 잘 안 보는데 1년에 한 편 정도는 본다. 동생이 추천해준 '인생 드라마'는 꼭 보려고 한다. 지난 명절 연휴에는 〈동백꽃 필 무렵〉이라는 40부작 드라마를 이틀에 걸쳐 다 봤다. 그리고 아주 늦게 '용식 앓이'를 했다.

예전에 드라마를 눈으로 봤다고 하면 이제는 가슴으로 보게 된다. 누가 연기를 잘하네 못하네 하며, 예쁘고 잘생긴 배우들이 눈에 들어왔다면 이제는 그 배우들이 연기하는 캐릭터가 눈에 들어오면서 정말 드라마에 푹 빠져든다.

동백이를 보면서 왜 이렇게 마음이 아픈지… 미혼모에 아들 하나 데리고 사는 모습에 나와 내 딸이 연상되면서 눈물이 났다. 딸을 향한 엄마의 극진한 마음에는 저절로 이해가 갔으며, 아무리 자신에게 미운 짓을 해도 아버지 얼굴 한 번 못 보고 자란 아들을 극진하게 생각하는 용식이 엄마의 마음도 이해가 가서 드라마가 회를 거듭할수록 이불 뒤집어쓰고 눈물을 쏟아내며 봤다.

명대사가 정말 많았다. 그중에서 한 대사가 유난히 내 마음에 와 닿았다.
"사람이 사람에게 기적이 될 수 있을까?"

자신이 처한 상황이 너무 힘들어서 푸념하고 있는 동백이에게 용식이는 자꾸 예쁘다고 해주고 장하다고 말해준다. 고아에 미혼모가 아이를 이렇게 잘 키웠고, 지금은 자영업 사장님까지 돼서 잘 살고 있다고, 남 탓 안 하고 치사하게 안 살고 남보다 더 착하고 착실하게 잘 살고 있다며 칭찬해준다.

용식이는 입바른 말이 아니라 진심으로 그녀를 사랑해주고, 그녀가 처한 상황들을 이해하려고 하는 마음을 그녀에게 보여줬다.

"태어나서 처음으로 칭찬을 받았다" 라는 독백과 함께 그녀는 울면서 "칭찬하지도 말고 편들어주지도 말라"고 한다. 죽어라 참고 있고, 이 꽉 물고 살고 있는 사람에게 자꾸 칭찬해주고 편들어주니까 마음이 울렁울렁한다며 자신의 감정을 폭발시킨 그 장면에서 나도 그녀와 함께 꺼이꺼이 울었다.

호주와 일본을 다녀와서 취업을 했다. 그리고 돈을 모아 대학원에 진학했다. 하고 싶은 게 있으면 스스로 돈을 모아야 했다. 30살을 넘기면 결혼하기 힘들다며 대부분의 친구들이 결혼을 할 때 나는 나에게 주는 선물이라고 결혼 대신 대학원을 선택했다. 대학원에 다니는 2년 동안만은 일하지 않고, 내가 하고 싶은 공부도 하면서 정말 나 자신을 위해서 2년을 사용해보리라 생각했다.

대학원 합격증을 들고 온 날 생각이 난다.
"에그, 시집이나 가지. 거긴 가서 뭐 하려고… 너는 왜 이렇게 인생을 힘들게 사냐?"
나는 아무 대답도 할 수 없었다. 일본에 가려고 2년 동안 아르바이트를 하면서 돈을 모을 때도, 갔다와서 내 힘으로 호주에 간다고 했을 때도 "축하한다, 잘하고 있다" 라는 말 한마디 들어보지 못했다.

고등학교 때 처음으로 반에서 11등을 했다. (그때는 한 반에 55명쯤 있었다) 너무 기뻐서 엄마에게 말했더니, "원래 학기 초에는 다 그래. 그리고 그 학교 수준이 그렇지 뭐" 라는 답이 돌아왔다. 자존심이 상했다. 죽어라 공부해서 1학년 2학기 때는 난생처음 반에서 1등도 했고, 그 뒤로 오기로 2학기 내내 반에서 1등을 유지했다. 칭찬은커녕 이번에는 "전교 등수가 왜 그러냐"는 아픈 소리가 돌아왔다.

친정엄마를 탓하려는 게 아니다. 아이 낳고 키워보니 엄마가 그때 왜 그랬는지 이해가 된다는 걸 말하고 싶었다. 그때의 엄마는 너무 어렸었다. 나와 22살밖에 차이가 나지 않는, 지금의 나보다 훨씬 어린 엄마였다. 종갓집 장남에게 시집와서 아들 못 낳는다고 구박받고, 또 결혼하자마자 남편이 큰 사고로 장애를 입었으니 이 모든 것은 사람 잘못 들어온 며느리 탓이라는 억울한 누명도 썼다. 남편

대신 가장으로서 일을 해야 했으며, 줄줄이 어린 딸이 셋이나 딸려 있으니 그 굳은 구박에도 도망가지 못하고 참고 살 수밖에 없었던 엄마를 이해하게 되었다. 억척스러운 3명의 시누이도 힘들었지만, 자신을 그렇게 구박했던 시어머니가 쓰러져 16년 동안 병수발해야 하는 자신의 삶도 억울했을 것이다.

대학원에 합격한 딸의 등록금을 대주고 싶어도 여유롭지 못한 경제 사정 때문에 그렇게 말했을 수도 있었겠다고 지금은 이해한다. 고등학교 때 일도 나중에… 나중에서야 다른 친척을 통해서 듣게 되었다.

"너희 엄마가 너 공부 잘한다고 엄청 자랑하더라."

엄마는 나를 잘 알니까 내 오기를 발동시키려고 일부러 그렇게 말씀하셨을 수도 있었겠다고 이해했다. 그때는 속상했지만 이제 나도 나이 들어 딸의 엄마가 되니 옛날 엄마의 마음이 조금은 헤아려진다.

당신과 달리 딸들은 힘들게 일 안 하고 남편이 벌어다주는 돈으로 알콩달콩 애 키우면서 잘 살면 좋겠는데, 뭘 한다고 다시 일하러 나간다며 여기저기 애 맡기러 다니는 모습이 좋아 보이지 않았을 것이다. 책 쓴다고 잠 줄여가며 아침에 퀭한 얼굴로 손녀를 데리고 나타나는 딸이 도대체 이해가 되지 않았을 수도 있다. 딸 셋 중에서 나는 유난히 엄마 말을 듣지 않았고, 심하게 사춘기를 겪으면서 엄마한테 대들기도 많이 대들었다.

이런 언니를 보며 두 동생은 오히려 '큰언니처럼 저러지 말아야지' 하는 마음에 엄마한테 더 잘했을 것이다. 어느 날 갑자기 자기가 모은 돈으로 일본으로 가겠다고 통보하는 딸이 예뻐 보이지 않았을 것이다. 갔다와서 자리 잡는 줄 알았더니 이번에는 호주에 가겠다고 하는 것도 이해되지 않을 수 있다. 둘째는 직장 잡아서 가족 살림에 보탬이 되고 있는데 큰애가 돼서 자기만 위해서 저러고 사는 모습이 이기적으로 보였을 수도 있겠다.

억척스럽더라도 자기 마음대로 살면서 성공하고 행복한 모습을 보여주었다면 그나마 위안이 될 텐데, 뭔가 한다고 하지만 엄마가 봤을 때 힘들어만 보이지, 행복해 보이지 않으니 미치고 펄쩍 뛸 심정이었을 것이다. 게다가 옛날

말로 굶어죽기 딱 좋은, 돈도 안 되는 글을 쓴다고 하니 억울했던 당신의 인생 딸들로 보상받고 싶었던 것도 맘대로 되지 않는 것 같아 속상할 수도 있다.

나의 입장에서는 지금까지 잘 커온 나에게 칭찬 한 마디 해주지 않는 엄마가 야속할 때도 있었지만, 엄마 입장에서 봤을 때, 엄마의 바람대로 잘 살아주지 않는 딸에게 좋은 소리가 나오기는 힘들었을 것이다.

이런 내 삶의 스토리가 드라마를 보는 내내 투영되어 나는 눈물 콧물 다 뺐다.

"나는 걸을 때 땅만 보고 걷는 사람인데 이 사람이 나를 고개 들게 해요. 사람이 그리웠나 봐요. 관심 받고 걱정 받고 싶었나 봐요. 내 걱정 해주는 사람 하나가 막 내 세상을 바꿔요."

- 〈동백꽃 필 무렵〉 중

어느 날 핸드폰을 보며 사진을 넘기다가 문득 내 사진이 없다는 것을 알게 되었다. 예전보다 살도 많이 찌고 웃을 때 주름이 보이고, 피부도 예전만 못하다고 생각하니 자꾸 아이 사진만 찍고 나는 뒤로 빠졌다.

내가 만든 모임 '1년 살기'에는 나처럼 심한 사춘기를 두 번째로 겪는 엄마들이 많다. 그곳에 가면 사람들이 자꾸 내게 칭찬을 해준다. 글도 잘 쓴다고 해주고 자꾸 예쁘다고 해준다. 뭐만 하면 잘한다고 칭찬해준다. 나는 딱히 잘하는 게 없다고 생각하는 사람인데 자꾸 잘한다고 하니 그 말이 내 마음속에 들어오기 시작했다.

처음에는 예의상 하는 말로 이해했다. 그런데 그 말을 계속 들으니 진짜 그런 사람이 돼야 할 것 같았다. 그래서 글도 열심히 썼다. 잘하지 못하니 잘할 때까지 써야 할 것 같아서 책도 많이 읽고, 글도 많이 쓰고, 생각도 많이 하면서 그것들을 글로 썼다.

내가 만든 모임이라 내가 앞에 설 일이 많았다. 일을 만들어야 했고, 그러려면 기획을 해야만 했다. 기획서를 작성해보고 사람들과 움직여봤다. 그랬더니 성과들이 하나씩 나오기 시작했다.

'어? 하니까 되네….'

내가 나 자신에게 칭찬해주기 시작했다.

결혼 후 내 삶은 엉망이라고 생각했다. 잘못 살아온 거 같고, 인생길이 자꾸 꼬이는 것 같았다. 그런데 사람들이 나보고 잘하고 있다고, 나의 길을 잘 찾아간다고 칭찬해주었다. 내가 실패했다고 생각했던 길 위에 뿌린 눈물들이 누군가에게는 위로가 되었다.

나는 잘 못하고 자꾸 실패만 한다고 생각했는데, 이 사람들이 나를 고개 들게 했다. 나도 위로받고 싶었고, 잘하고 있다는 말이 듣고 싶었나 보다. 나를 토닥여주는 사람이 그리웠고, 관심 받고 걱정 받고 싶었나 보다. 나에게 힘을 주는 사람들 덕분에 내 세상을 바꿔나가게 되었다.

지금은 일부러 내 사진을 열심히 찍는다. 공주병 걸린 사람처럼 인스타그램에는 그날 나의 모습을 찍어 올린다. 그리고 나부터 나 자신에게 칭찬해준다.

'잘하고 있어!!! 너 아직 괜찮아!!!'

고마우면 고맙다고 꼭 이야기해야 한다고 사장님도 내게 말씀해주셨다. 맞다. 예쁘면 예쁘다고, 잘하고 있다면 잘하고 있다고 꼭 말해줘야 한다. 당신의 그 한마디가 누군가의 세상을 바꿔나갈 수 있게 하기 때문이다. 바로 나처럼….

잘하고 있어!
너 아직 괜찮아!

(당신의 옆에도 천사가 삽니까?)

"죄송합니다. 작가님의 글솜씨와 기획력은 뛰어나시나 우리 회사와의 콘셉트와는 맞지 않아 정중히 사과드립니다."

나는 이런 메일을 꽤 많이 받았다. 그나마 이런 메일을 보내주면 감사하다는 생각이 들었다. 대부분 이런 메일조차 내게 보내주지 않고 씹히는 경우가 대부분이었다. 나의 몸과 마음이 건강할 때 이런 메일을 받으면 괜찮았다. "괜찮아~ 글솜씨는 좋대잖아. 그래도 기획력은 인정해주는 거겠지" 하며 나름 좋게 해석해서 나 자신을 토닥토닥거릴 줄도 알았다.

그런데 내 정신건강이 좋지 않을 때면 그날은 우울모드에 빠지기도 한다. "차라리 그냥 무시해 버리지. 뭘 이런 메일까지 보내고 그러냐!!" 하며 괜히 자기 일을 열심히 한 사람을 원망하기도 한다. 이제는 익숙해질 만도 한데, 이런 거절의 메일은 익숙해지지도 않는다. 나는 수도 없이 떨어져봤다. 책을 쓰고 기획서를 보내면서 숱하게 떨어졌고, 그 외 여성벤처 도전 등에서도 참 많이 떨어졌다. 너무나 많이 떨어져서 세다가 잊어버린 적이 더 많다.

천만다행이다. 내 머리가 좋지 않아서… 그리고 성격이 그렇게 꼼꼼하지 않아서…. 꼼꼼한 성격에 머리까지 좋았다면 끝도 없이 좌절했을 것 같다. 좋지 않은 기억력 덕분에 안 좋은 일은 빨리 잊어버릴 수 있어서 다행이다. 아마 그래서 그다음 도전도 가능한 것 같다.

단점이 있다면 좋은 일도 빨리 잊어버린다는 것이다. 머릿속 용량이 한정되어 있는지, 지나간 일 중 나에게 있어서 그렇게 중요하다고 생각되지 않는 일들은 빨리 잊어버린다.

이 글을 쓰고 있는 지금도 또 한 번 탈락을 경험했다. 전년도에 쓴 책이 세종도서 선정에 떨어졌다. 절친에게 "나 세종도서 떨어졌어" 라는 카톡을 보내는데 속이 쓰린다. 친한 지인은 워낙 이런 카톡을 많이 받아서 그런지 무덤덤하다. 위로를 해주는 답도 아니고, 다음을 응원해주는 답문도 아니었다.

"지금 계획하고 있는 책은 잘 되고 있어?"

어쩌면 나를 너무 잘 아는 사람이라 위로해주거나 같이 속상해해주는 것보다 앞으로의 일, 내가 지금 준비하고 있는 일들을 꺼내면서 나의 생각 전환을 도와주는 것이라 생각된다. 나는 떨어져서 속상한 마음은 잊은 채, 내가 쓰고 싶은 글에 대해서 그 친구에게 주절주절 털어놓게 된다. 그러다 다시 떨어진 것이 생각나서 위로받고 싶은 마음에 "나 또 떨어졌다니까!!" 하면서 앙탈을 부렸다.

"그래도 너는 또 할 거잖아."

친구의 이 한 마디에 나는 잠시 그 글을 멍하니 바라보았다. 친구의 말이 맞았다. 떨어지면 나는 잠시 주춤하다가 또 일어나서 다시 했다. 첫 번째 쓴 책도 85번이나 떨어지고 86번째 연락 온 출판사와 계약을 했다. 두 번째 책도 공모전에 도전했다가 떨어졌는데 결국 다른 출판사와 계약을 맺어 책으로 나왔다.

나를 잘 모르는 사람들은 이런 나를 보며 "대단하다"라고 말해준다. 하지만 정작 나를 잘 아는 사람들, 내 주변의 가까운 사람들은 이런 나를 보며 "에그, 인생 왜 이렇게 힘들게 사니?" 한다.

나는 8살짜리 어린 딸을 키우며 직장을 다니는 워킹맘이다. 육아와 일, 이 두 가지만으로도 24시간이 모자랄 정도로 꽉 채워지는데, 글을 쓴다는 이유로 밤잠 안 자며 책을 읽고 글을 쓴다. '내 인생에 다시없을 1년 살기' 모임을 만들어서 나와 같이 육아를 하면서도 자신을 사랑하는 여성들을 위한 모임을 5년 차 운영 중이다. 사람들이 왜 내게 그런 말을 하는지 이해가 되기도 한다.

"왜 나는 인생을 이렇게 힘들게 사는 걸까?"

발레리나 강수진은 가냘프고 예쁜 얼굴과는 반대로 상

처투성이다 못해 힘든 고통을 겪은 흔적이 가득한 발을 가지고 있다. 그녀의 발만 봐도 얼마나 노력하며 살았는지 알 수 있을 정도다. 그런 그녀가 발레를 멈출 수 없었던 것은 발레를 할 때 가장 '나답다' 라는 느낌을 받았기 때문이라고 한다. 그녀의 책에서 이 부분을 읽었을 때 나 또한 100% 공감했다. 어떤 느낌으로 말했는지 정확하게 알 것 같았다.

나 또한 계속해서 도전하고 일을 벌이면서 사는 이유는 그게 나이기 때문이다. 무언가 주어진 것에 만족하기보다 앞으로 나아가고 싶고, 새로운 것을 만들어보고 싶고, 지금 내가 처한 환경을 바꿔보고 싶기 때문에, 떨어지고, 넘어지더라도 계속 일어날 수밖에 없다. 좌절의 기회도 많다. 상처 받는 일도 많고, 이해해주는 가까운 사람들이 없기에 늘 외로웠다.

그런데 가끔 신은 내 주변에 천사를 통해 음성을 들려준다. 딸이 7살때였다. "엄마는 커서 뭐가 되고 싶어?" 라는 딸의 질문에 나는 당황했다.

"글세…."

그런 나에게 딸은 언젠가 내가 딸에게 해준 말을 그대로 돌려주었다. "엄마! 엄마는 나한테 하고 싶은 거 하라고 하면서 엄마는 왜 그래? 괜찮아. 지금 정하지 않아도 돼. 그냥 엄마가 하고 싶은 거 하면서 그때 가서 결정해도 늦지 않아. 나도 엄마가 하고 싶은 거 했으면 좋겠어. 엄마가 행복하다면 어떤 일을 해도 상관없어."

무심한 듯 나에게 정확하게 던지는 친구의 말 한마디, 가끔씩 나를 깜짝 놀라게 하는 딸의 한마디. 내가 정말로 듣고 싶은 위로의 말들을, 전혀 생각지도 못한 사람들에게 들을 때 가끔 내 주변에 진짜 천사가 사는 건 아닌가 하는 엉뚱한 생각을 한다. 정말 그 사람들의 한마디에 힘이 나서 다시 일어설 기운을 차린다.

"외로워도 슬퍼도 나는 안 울어~" 했던 캔디에게는 테리우스라는 천사가 있었다. 자처해서 인생을 힘들게 사는 나에게도 신은 가끔 천사를 보내준다. 그래서 신은 공평하다고 하는가 보다. 외로워도 슬퍼도, 좌절할 만큼 힘든 일이 생겨도 나에게 다가올 천사를 기대하며… 오늘도 나는 캔디처럼 살기로 했다.

(세상에 당연한 것은
아무것도 없다)

재입사 후, 아이를 친정집에 맡기고 출근하느라 아침 시간이 무척 바쁘다. 정신없이 허둥지둥하다 보면 아침을 못 먹고 다니기 일쑤다. 다행히 출근길에 빵집이 있어서 몇 가지를 사가지고 나온다.

예전에는 내 것만 샀는데, 아줌마가 되고 손이 커진 게 분명하다. 이제는 늘 넉넉하게 사서 주변에도 나누고 사장님도 챙겨드린다. 어떤 것을 가져다드려도 사장님이 싹 비우셔서 뭐든 다 잘 드시고 원래 식욕이 좋은 줄 알았다. 함께 식사를 하게 될 때면 늘 내게 먼저 물어봐주시니, 뭐든 다 잘 드시고 딱히 좋아하시는 게 없는 줄 알았다. 원래 사장님들은 많은 사람들을 만나니 좋은 것도 많이 드시고, 없는 것 없이 다 가지고 있기 때문에 부족함이 없는 줄 알았다. 그런데 어느 날 손님과 말씀하시는 것을 우연히 듣게 되었다. 가져다주는 사람을 생각해서 뭐든 다 먹는다고 하셨다. 상대방 모르게 배려하는 모습을 사장님에게서 또 보았다.

나는 애 맡긴다는 핑계로 아침마다 친정에서 아침을 먹고 다니는데, 그것도 바쁘다며 챙겨놓은 것도 못 먹고 나올 때가 많다. 아침부터 손녀 맡기러 온 딸이 뭐가 예쁘다고 새벽같이 일어나서 밥상을 차려주시는지, 아무리 아웅다웅해도 딸과 엄마 사이다.

부모는 자식한테는 늘 진다는 말은 맞았다. 나도 내 딸에게는 아무리 열심히 해도 죄인 된 기분이 든다. 불공평하지만 어쩔 수 없다. 우리 엄마도 내게 같은 마음이라는 것을 나도 아이를 키우면서 알게 되었다.

90대 중반이 넘으신 외할머니가 친정집에 오셨다. 일주일 정도 계시다 가셨는데, 외할머니가 60대 중반인 딸에게 이렇게 말씀하신다.

"네가 뭘 할 줄 아니? 밥이나 제대로 해먹고 사냐?"

어느덧 70을 바라보는 사위에게는 "내가 일하느라 많이 못 가르쳤어" 하신다. 결혼한 지 45년이 지났는데도 말이다. 이제는 당연하게 좀 누리고 살아도 되는데, 당연한 것이 없나 보다. 자식이 8명이나 되는 할머니는 늘 못해준 것에 대한 미안함에 여전히 죄인 된 마음으로 사셨다.

말 한마디에 불과하지만 그 한마디에는 여러 뜻이 담겨 있다. 할머니의 "내가 일하느라 많이 못 가르쳤어" 는 혹시나 딸이 실수를 하면 그것은 딸의 탓이 아닌 당신의 탓이라는 말이었다. 그리고 사위에게 한 말에는 내 딸을 더 사랑해달라는 말이 포함되어 있을 것이었다. 진짜 못한다는 뜻보다 "못해도 좀 봐주게"라는 엄마의 마음일 것이다.

예전에는 이런 말들이 귀에 들어오지도 않았다. "에그, 할머니는 늘 똑같은 말씀만 하시네" 했을 것이다. 물론 사장님의 말씀도 듣고 흘려버렸을 것이다. 그런데 이제는 그런 말 하나하나가 가슴에 남는다. 예민한 반응이 아니다. 예민하다고 표현하기보다, 이제는 조금씩 그 말 이면에 담긴 사람들의 마음이 눈에 보이기 시작했다는 말이 맞는 것 같다.

　겨우 애 하나 낳았을 뿐인데 그 아이를 통해서 세상이 달라 보인다. 나에게 아무것도 해주지 않아도 사랑스러운 존재가 있으니 그냥 막 뭐든 다 해주고 싶다. 이 아이가 아플 때 밤새워 간호하더라도 화가 나거나 짜증나지 않는다. 더 못해준 것이 미안할 따름이다. 이런 지독한 사랑을 해봐야 사람은 성숙하는 것 같다. 그동안 당연하게 생각했던 모든 것들이 절대로 당연한 것이 아니라는 것을 알게 되었다. 그리고 저절로 당연하지 않은 사랑에 대해 이해하게 된다.

　정말 그전과 달라진 것이라면 애 낳고 키워본 것뿐이다. 출산을 지향하려고 쓰는 글은 아니다. 사람마다 다 다르겠지만 나는 아이를 낳고 양육을 하면서 주변 사람들을 많이 생각하게 되었다. 세상에 당연한 것이 없다는 것을 알게 되었고 세상이 달라 보인다. 엄마가 나를 사랑하는 게 당연한 것이 아니고, 사장님이 나를 배려해주시는 것도 당연한 것이 아니다. 이러한 마음들이 보이기 시작할 때 비로

소 사람은 철이 드는가 보다.

코로나 일상은 우리에게 당연한 것은 없다는 것을 가르쳐주었다. 코로나 이후 이제 사람들과 만나고 여행가는 일이 당연하지 않은 것이 되었다. 마스크 벗고 살았던 그때가 까마득할 정도로 마스크는 생필품이 되어버렸다. 공기처럼 늘 일상이었던 것을 할 수 없게 되니 그동안 내가 누렸던 것들이 얼마나 많았는지 알게 된다. 당연하다고 생각했던 것의 이면에는 언제나 누군가의 노력, 인내, 배려, 사랑이 들어 있다.

너무 당연하게 생각해서 감사하는 마음도 잃어버렸던 것 같다. 세상에 당연한 것은 아무것도 없는데… 그러니까 지금 현재 내가 가진 모든 것에 감사하며 살아야겠다.

(울고 싶으면
울어도 돼)

아침 뉴스를 보다 비보에 마음이 너무나도 아팠다. 어느 개그우먼이 엄마와 함께 극단적 선택을 했다는 뉴스였다. 나랑 전혀 상관없는 사람인데, 마음이 많이 아팠다. 그녀의 기사 밑에는 고인의 죽음을 안타까워하는 마음을 담은 댓글이 한가득 달려 있었다.

평소에 병을 앓고 있었다고 한다. 그것 때문에 엄마가 서울로 올라와 딸과 함께 지냈다는 말도 들었다. 많은 사람들이 개그우먼에 대해서 안타까운 죽음이라 말할 때, 나는 딸과 함께 극단적 선택을 한 엄마의 마음이 어땠을까 하는 생각이 들었다. 딸과 사이가 좋았다고 하는데, 사랑하는 딸을 위해서 저승까지 함께한 그분의 마음이 이해가 가면서도 안타까운 마음에 눈물이 났다.

가까이서 얼굴 한번 본 사람도 아닌데… 사연만 들어도 마음이 아프다. 엄마와 딸 이야기만 나오면 눈물을 펑펑 쏟는다. 딸을 낳은 이후부터 일어난 현상이다. 감정 이입이 저절로 되면서 눈물부터 나온다.

예전 같았으면 이런 선택을 한 사람들에게 "그 힘으로 살지…" 라는 못난 소리를 했었다. 그런데 이제는 '얼마나 힘들었으면…' 하는 생각이 든다. 극단적 선택을 한 사람을 이해한다기 보다, 그런 선택을 할 수밖에 없었던 그 마음이 먼저 와 닿는다.

실은 나도 이런 생각을 한 적이 있었다. 겉으로는 부족한 것 없고 행복하게 보였을지도 모르지만, 마음속 깊은 곳에서 아픔이 생기기 시작했다. 생각하지도 못했던 임신, 이름도 생소한 '포상기태 임신'을 하면서 갑작스럽게 소파 수술을 하게 되면서였다. 갑작스런 임신을 알게 되고 일주일 만에 일어난 일들이다. 그때는 너무 빨리 진행돼서 슬퍼할 겨를도 없었는데, 막상 수술대에 올라가고 나서 그리고 그날 집으로 돌아오면서 마음의 병이 생겼다.

남편과 멀어진 것도 이때부터인 것 같다. "내가 너무 힘드니까 나 좀 봐달라"는 말도 제대로 못했다. 그 사람은 바쁘니까… 그 사람은 일하니까… 하면서 이해하려고 했지만, 정작 나 자신을 이해하지 못했었다. 이런 경험이 나도 처음이었으니까….

다른 누군가에게도 이야기하지 못했다. 내 이야기를 잘하는 성격도 아니고, 누군가에게 나약한 모습을 보이기 싫었다. 동생들에게도 힘들어하는 모습을 보여주기 싫었다. 아니 어쩌면 보여주지 않았던 모습이라 어떻게 해야 하는지도 몰랐다.

혼자서 마음의 병을 앓았을 때 어느 교회에서 운영하는 '어머니학교'에 갔다. 그곳에서 사람들에게 한 주간 어떻게 지냈는지, 지금 가지고 있는 고민은 무엇인지에 대해서 나눴다. 각자의 아픔, 슬픔, 고민거리들을 서로가 나눴다. 이런 자리인 줄 알았으면 참석하지 않았다. 자녀 양육에 대해서 배우고 싶어서 왔는데, 결국에는 엄마들의 마음치료 교실 같은 것이었다. 하긴 엄마들이 건강해야 아이 양육도 건강하게 할 수 있으니 맞는 말이었다.

"저희 집이 10층인데 어느 날 아래를 내려다 보다 내가 여기서 떨어지면 죽을까? 그럼 아이는 어떡하나? 아이와 함께 떨어져야 하나? 그럼 아이는 무슨 죄지? 라는 생각을 해본 적이 있다"고 무덤덤하게 말했었다. 나를 전혀 모르는 사람들 앞이었기 때문에 오히려 나의 속마음을 이야기할 수 있었다.

그랬더니 그 모임을 주도하셨던 권사님이 나를 꼭 안아주시면서 나를 위해 함께 기도해주자고 하셨고, 거기에 있던 모든 사람들이 나를 둘러싸고 나의 몸에 손을 얹고 기도를 해주셨다. 기도를 하면서 사람들이 나 대신 눈물을 흘려주는 것 같았다. 그런데 정작 나는 혼자 울지 않고 그 기도 소리를 다 듣고 있었던 것이 생각난다.

사람들 앞에서 감정을 표현하는 것이 익숙하지 않다. 특히나 사람들 앞에서 눈물을 흘리는 것은 어렵다. 아마도 어렸을 때부터 운다는 것을 나약함이라는 단어와 연결했기 때문일 것이다. 남자는 울면 안 되고, 여자들도 "울지 마!" 라는 말을 많이 듣고 자란다. "그냥 울어도 돼" 라고 말해주는 사람은 거의 없다.

나도 거의 울지 않는다. 아무리 슬퍼도 오히려 그럴수록 덤덤하게 받아들이는 법을 배워나갔다.

그런데 요즘에는 예전보다 훨씬 많이 운다. 우는 것이 잘못된 게 아니라는 걸 알게 되었다. 울고 난 다음의 시원함을 알아버렸다. 꺼이꺼이 목 놓아 울지는 못하지만, 눈물 뚝뚝 흘리고 나면 개운함이 있다.

눈물과 함께 아픔도 닦이는 느낌이다. 드라마 보고서도 울고, 힘든 일이 있을 때도 운다. 이제는 덜 부끄럽다. 울면 위로해주는 사람이 있으니까… 딸이 와서 안아주고, 친구들이 와서 안아준다. 울어도 괜찮다고 하니까 오히려 멈추게 된다.

앞으로 누군가를 위로하게 될 때 그냥 울려야겠다. 시원하게 울어버리고 나면 개운하게 웃을 수 있으니까.

그녀도 누군가에게 기대서 꺼이꺼이 울었더라면 조금 더 버틸 힘이 생기지 않았을까?

울고 싶으면 울어도 된다는 말. 정말 꼭 해주고 싶은 말이다.

삶의 과정이
내게 설명해주는 것

어느 일요일.

한 도서관에서 강연 연락을 받고 기분 좋게 계약서에 사인까지 하고 나오는 길이다. 운전을 하며 집으로 돌아오는 길에 오늘 점심은 무엇을 먹을지, 이따가 아이하고 어떻게 보낼지 생각하는데, 한 통의 전화가 걸려왔다. 시아버님의 소천을 알리는 전화였다.

오랫동안 아프셨고, 처음 뵈었을 때 모습도 아픈 모습이어서 마음 한구석으로 예상하고 있던 일이었다. 그래서 덤덤하게 잘 보내드릴 줄 알았는데, 삼일장을 치르고 나니 내 마음이 이상해졌다. 워낙 주변에서 큰 소리로 울고 통곡하는 사람들이 있어서 그런지 그때는 내 마음을 잘 누르고 있었는데, 또 다시 혼자가 되니 눌렀던 것들이 터져버린 것이다.

내 감정에 뭐라고 이름을 붙여야 할지 모르겠다. 슬픈 건지, 화가 난 건지, 마음이 아픈 건지 도통 모르겠다. 장지까지 다녀온 후에는 드러눕고 말았다. 머리가 깨질 듯 아파오고, 먹은 것도 없는데 속에 있는 것을 다 올리고 싶은 충동까지 들었다. 그렇게 꼬박 하루를 보냈다.

왜 그렇게 머리가 아팠던 것일까?

화장터에서 기다리는 두 시간 동안 밖에 나와 있었다. 유족 대기실이 있었지만 안에서 기다리는 것 자체가 답답했다. 두 시간 동안 빈틈없이 장례차들이 들어왔다. 정말 이렇게 많은 사람들이 죽은 걸까? 할 정도로 끊임없이 차들이 들어온다.

망자의 이름을 부르면 가족들이 운구를 들고 모인다. 검은 옷을 입은 사람들이 주르륵 따라간다. 안타깝지 않은 죽음이 없지만, 그래도 젊은 사람의 영정사진 뒤로 검정 옷을 입은 아이들이 철없이 웃으며 따라갈 때는 보기만 해도 마음이 아팠다. 가장 마음이 아팠던 건 작은 관을 젊은 아빠가 혼자 들고 들어왔는데 그 옆에 젊은 엄마가 울며 따라가는 모습을 봤을 때였다. 아무도 없이 둘만 가는 모습도, 너무나 작은 관도 마음이 아팠다. 전혀 모르는 사람인데 그들의 뒷모습을 보면서 혼자서 눈물을 계속 훔쳤다.

두 시간 동안 삶과 죽음에 대해서 엄청난 것들을 본 느낌이다. 인간은 태어나면 언젠가는 당연히 죽는 것인데 내 이야기는 아니라고 생각한 것일까? 저 영정사진이 내 것이 될 수도 있다는 생각을 왜 자꾸 잊으며 사는지 모르겠다.

3개월 전에는 외할머니께서 소천하셨다. 그때도 한동안 마음 둘 곳 없이 허전했었다. 할머니라 괜찮을 줄 알았는데, 노래를 듣다가 책을 읽다가 눈물이 흘러나왔다. 할머니의 죽음에서도 깨달음이 있었는데, 3개월 동안 점점 잊고 살다가 완전히 잊을만 할 때쯤 또 다른 죽음으로 인해 삶에 대한 소중함을 생각하게 된다.

"너 지금 잘 살고 있니?" 나 자신에게 물어본다.

"열심히 사는 거 말고 잘 살고 있는 거냐고!!"

내가 나에게 물었을 때 나의 대답은 "NO!"였다. 열심히는 살고 있다. 바쁘게 살면서 무언가를 계속 이루고 만들어가고 쌓아가려고 하고 있다. 그런데 정작 나는 행복하지 않았다.

가까운 사람의 죽음도 삶의 과정이다. 삶의 과정이 내게 묻는다. 그리고 자꾸 답을 생각하게 한다. 외할머니가 내게 바라는 것도, 시아버님이 내게 바라는 것도 행복이 아닐까? 한 번에 큰 거 말고, 작지만 소소한 행복 말이다. 소소한 행복은 너무 많아서 쳐다보지도 않는 세잎 클로버처럼 주변에 널려 있다. 행복은 그렇게 지천에 널려 있는데 당연한 것이라 눈에 들어오지도 않는다. 그리고 나에게 자꾸 그럴싸한 이유를 대게 한다.

"아이가 초등학교에 들어가면…" "아직은 다른 사람들의 시선도 있으니까…" "아직은 뭔가 이루어놓은 것이 없어서…" "아직은 준비가 덜 되었어….".

열심히 네잎 클로버를 찾다보니 내 주변에 있는 세잎 클로버들이 다 짓밟혀 있었다. 네잎 클로버라는 행운을 찾기 위해 세잎 클로버라는 행복을 발로 짓밟고 있는 내 모습이 보였다. 내 감정에 솔직하지 못했다. 그러니까 감정에 이름붙이기가 너무 어려웠다.

내가 나에 대해서 잘 모르니 머리가 아팠고 눈물이 났다. "어려운 네 감정에 이름 따위 붙이지 않아도 돼. 다른 거 생각해보자. 그럼 뭐하고 싶니?" 내가 나에게 묻는다.

"나 조금 더 행복해지고 싶어. 조금 더 크게 웃고 싶고, 따뜻한 사랑도 받고 싶어."

그래, 그렇게 하자. 내가 낸 결론이다. 또 몇 개월 후 누군가의 죽음으로 나는 또 이곳에 올지도 모른다. 그때는 내가 조금 더 행복해져 있기를 바란다. 내 감정에 솔직해지고 내가 원하는 삶의 모습으로 빚어져가고 있기를 진심으로 바래본다.

상처 입은 조개가 진주를 품는다

열심히 산다고 사는데 왜 마음 아픈 일들이 자꾸 생기는지 모르겠다며 하나님을 원망한 적이 있다. 하나님을 믿으면 하나님은 나를 보호해줘야 하는 거 아냐? 하며 따지기도 했었다. 일부러 교회도 열심히 나가고 성경공부도 열심히 하고 교회에서 하라는 봉사도 하고, 성경책도 열심히 읽었지만 나아지지 않았다. 지금 와서 생각해보면 내가 하나님이어도 이렇게 조건부 사랑을 하는 사람을 보호해주고 싶지는 않았을 것 같다.

"내가 이만큼 했으니 하나님도 나에게 이만큼 해주세요" 하는 내 마음을 보셨을 것이다.

철저히 무너졌고, 철저히 외로웠다. 항상 바닥을 기고 있는 듯한 모습이었다. "항상 기뻐하라"라고 하는데, 정작 나는 어디서 무슨 기쁨을 누려야 할지 몰랐다. 그런데 사람들이 나보고 앞으로 잘될 거라고 해준다. 이렇게 하나님 말씀 열심히 읽고 쓰고 공부하니 잘될 수밖에 없다고 이야기해주었다. 속으로 그들을 비웃었다.

'진짜 그럴까? 너희가 믿는 하나님과 내가 믿는 하나님은 다른가 보다. 너희의 하나님은 사랑의 하나님이지만 나의 하나님은 복수의 하나님이시고, 잘못한 사람들을 벌주시는 하나님이야.'

어느 날 방송 프로그램을 보다가 한 목사님의 간증을 들었다. 술만 마시면 폭력적으로 변하는 아버지, 매번 아버지에게 맞아 집 나가는 엄마, 지독한 가난, 죽고 싶을 정도로 힘들었던 어린 시절 그는 정말 죽으려고 산으로 갔다. 죽기 직전 그는 산속에서 고래고래 소리를 지르면서 왜 나에게 이런 고난을 주십니까!!라고 외쳤다고 한다. 이런 나를 어디에 쓰시려고 이렇게 살게 하십니까!!! 했다.

죽기 직전 눈을 감았는데, 자신의 일생이 파노라마처럼

펼쳐진 것을 보게 되었다. 구석에서 엄마가 아빠한테 맞고 있는 모습을 보면서 울고 있는 어린 그가 있었고, 커가면서는 가죽 허리띠로 이유 없이 맞고 있는 자기 자신을 보았다고 한다. 그런데 형체는 보이지 않지만 그런 자신을 안타깝게 바라보는 누군가가 있었다는 것을 그는 보았다고 한다.

그때 하나님은 어느 상황에서나 자기와 함께 계셔주셨고, 자기 자신보다 더 아파했다는 것을 알게 해주셨다. 그러면서 그때 받은 '상처받은 사람만이 다른 사람들의 상처를 이해할 수 있다'는 깨달음을 안고 이제는 사람들의 마음을 치유해주는 목사가 되었다는 이야기였다.

'말도 안 되는 이야기야!' 하며 넘어갈 수도 있는 그런 이야기인데, 이상하게 그분의 이야기가 나에게 다가왔다.

그분의 이야기인줄 알았는데, 결국에는 내 이야기인 것처럼 느껴졌다. 내가 너무 힘들어할 때도 나를 안타깝게 바라봐주는 누군가가 있었을 것 같다. 그리고 그분의 이야기처럼 나의 상처들로 인해 내가 다른 사람들을 이해할 수 있는 사람이 되겠구나… 하는 생각도 들었다.

너무나 힘든 시기를 보내고 있었던 그때의 어느날, 내가 썼던 일기 내용이다.

"지금 내가 이렇게 힘든데 누가 누구에게 말을 하나요?? 하나님 저는 위선자가 되기 싫습니다. 나처럼 상처 많은 사람이 남들에게 위로를 할 수 있을까요? 그분들께 힘내세요! 라는 말을 어떻게 할 수 있습니까!!!"
정말 따지듯이 물어봤다.

그런데 어제 들은 목사님의 말씀이 꼭 내게 해주시는 말처럼 느껴졌다. 상처받았던 사람만이 다른 사람들의 상처를 이해할 수 있다는 말.

여자로서 겪지 않아도 되는 일들을 많이 겪었다. 포상기태임신이라는 희한한 상태에서 유산도 해봤다. 지독한 산후우울증으로 너무 힘든 시간들도 보냈었다.
경험 없는 사람이 유산한 엄마들의 마음을 안다는

건 연애를 책으로 배우는 것과 다름이 없다. 하지만 나는 그 상처를 알고, 그 아픔을 경험해본 사람이기 때문에, 그냥 다 이해한다는 포옹 한 번에 그들의 마음을 위로할 수 있을 것 같다.

하나님이 내게 원하시는 것은 이런 것일까? 하는 생각이 든다.

나의 상처들이 이렇게라도 사용된다면 정말로 감사할 것 같다.

이때 나는 경력단절 여성들을 위한 강연을 하기로 했는데, 상처 많은 내가 누구를 위로하는 말을 어떻게 하냐고 따지듯 하나님께 말했던 것 같다. 그때 목사님의 간증을 듣고 정말 많이 울었다. 더 많은 사람들을 품으라고 나에게 이 상처를 허락하신 거구나… 그렇게 하나님은 나의 상처들을 진주로 빚어나가셨다.

상처 입은 조개가 진주를 품는다고 했다. 나에게는 상처지만 그것이 진주로 빛날 때가 있다. 내게는 상처 많은 그녀들이 품고 있는 진주가 느껴진다. 지금은 너무 아프지만 상처를 품으면 그것이 성숙되어 빛나는 진주가 될 것이다.

지금은 너무 아프지만
언젠가는 이 상처가 아물며 성숙하여
빛나는 진주가 될 것이니.

가끔 골드미스들이 내게 묻는다.

"결혼 꼭 해야 해요?"

나는 이렇게 대답한다.

"아니, 꼭 하지 않아도 돼. 어불성설이긴 하지만, 아이는 꼭 한번 낳아보라고 말해주고 싶네. 결혼한 것에 대해서 후회한 적은 있는데, 아이를 낳은 것에 대해서는 한 번도 후회해본 적이 없어. 산후우울증으로 너무 힘들었던 기억도 있지만, 지금은 그 아이 때문에 살아. 나는 만약 하나님이 나에게 다시 삶을 살게 해주신다고 해도, 고민하지 않고 커리어 우먼보다 엄마로서의 삶을 택할 거야."

(내 뜻대로 되지 않아서 감사하다)

나는 기도하는 사람이다. 그만큼 바라는 것이 많은 사람이다. 해야 할 일도 많고 하고 싶은 일도 많다. 그런데 그게 다 잘 안 된다. 그래서 속상하다. 늘 걱정을 가불하며 살고 있다.

이제 그만하면 되지 않아? 해도 나는 만족이 안 된다. 무엇을 위해 이렇게 사는지도 모르게 달려왔다. 조금만 더 가면, 지금 이 상황만 벗어나면… 나에게는 항상 이런 단서가 붙었다. 늘 지금보다 나은 상황들이 있을 거라며 그것을 기대하며 살았다. 그래서 더더욱 뭐든 열심이었다.

"그렇게 해도 이 정도인데, 그렇게 하지 않았다면 얼마나 더 비참해졌겠어?" 하며 스스로 닦달하며 살았다. 하는 일들이 많았으니 그만큼 실패의 경험도 많았다. 그때마다 속상해했고, 그때마다 다시 일어나야 한다는 생각에 내가 나를 힘들게 했던 나날들이었다.

돌이켜보면 육아로 인해 일을 그만두었을 그때가 내가 쉴 수 있었던 때가 아니었나 생각된다. "어떻게 육아가 휴식이 되냐!!"며 지금 육아를 하고 있는 엄마들에게 한소리 들을 수도 있겠다. 하지만 나는 그렇게 살았었다. 늘 몇 가지 일들을 동시에 진행하면서 살았기 때문에 육아라는 한 가지 일을 하는 내게는 그것이 휴식이었을지도 모르겠다.

휴식을 휴식으로 받아들여야 하는데, 늘 정신없이 살던 내게 여유가 생기니 이상한 생각이 들었다. '이렇게 살아도 되나?' 잡생각이 슬금슬금 몰려들면서 우울해지고, 인생 자체가 흔들리는 것 같은 경험도 하게 되었다.

'아! 진짜! 내 뜻대로 되는 일이 아무것도 없구나!!!'

만약 내 뜻대로였다면 나는 경력단절을 경험하지 않았

을 것이다. 20살 이후로 한 번도 돈을 안 번다는 건 생각해 보지 않았다. 뭔가를 하려면 당연히 내가 돈을 벌어야 했기 때문에 쉬어본 적이 없었다. 아이를 낳아도 당연히 누군가가 봐줄 것이고 나는 계속 워킹맘으로 살아야겠다는 것을 한 번도 의심해보지 않았다.

하지만 신은 나와 반대의 계획을 가지고 계셨다. 결국 나는 일을 그만두고 육아에 전념하게 되었다. 사장님이 내게 해주신 말씀 중 하나가 "바쁘게 살지 말고 생각할 시간과 여유를 가져라"였다. 바쁘게 사는 게 좋은 것이 아니라 생각하고 사는 것이 좋다는 말씀이었다.

코로나 사태가 일어나기 전, 나는 다음해에 커리어 코치로서 경력단절 여성들을 위한 전문 코칭센터를 오픈할 계획이었다. 그래서 코치 자격도 갖추고 그 분야의 사람들과도 연을 만들어나가고 있었다. 그런데 모든 상황이 나를 다시 회사로 내몰았다. 물론 돈의 역할이 가장 컸다. 내가 벌지 않으면 안 되는 상황이 또 발생했기 때문에 울면서 선택한 길이었다. 하지만 그것이 신의 한 수였다. 예상하지 못했던 코로나로 인해 소상공인 뿐만 아니라 강사, 프리랜서, 대학교수들도 힘든 상황을 겪어야 했다. 만약 내가 내 고집대로 강남에 사무실을 오픈했다면 나는 지금 빚에 허덕이고 있었을 것이다. 사람들을 모을 수가 없고, 아무것도 하지 않아도 고정비로만 큰돈이 나가는 상황에 분명 또 힘든 시간을 보내고 있었을 것이다.

정말 인생을 잘 모르겠다. 잘못된 선택이라고 생각했던 것이 신의 한 수가 되지 않나, 내가 그렇게 원했던 길이었고, 진짜 가고 싶었던 그 길에서 방향을 틀었지만 지금 훨씬 더 좋은 결과들을 보고 있다. 나는 사회생활을 하면서 사람들을 만나고, 내가 배운 코칭 기법을 통해서 좋은 관계를 맺으며 사회생활을 즐기고 있다.

예전처럼 힘주고 다니지 않아도, 잘 보이려고 노력하지 않아도 된다. 예전처럼 욕심내며 살지도 않고, 모든 것을 다 들고 있으려고도 하지 않는다. 그랬더니 사회생활 자체가 편안해졌다.

빨강머리 앤이 말했다. 내 뜻대로 되지 않아서 속상한 것이 아니라 생각지도 못한 일들이 일어나기 때문에 멋지다고. 괴로운 일이 지나가면 그만큼 멋진 일들이 기다리고 있다고.

뒤돌아보면 내 인생이 그랬다. 내 뜻대로 되지 않아 속상했지만, 그 일들이 지나가고 잘 견디다 보니 그보다 좋은 일들이 내게도 다가왔다.

그 누가 알았을까? 내가 다시 그전 회사로 돌아오고, 그전 사람들과 지내면서 이런 책을 쓰게 될 줄… 정말로 내 뜻대로 되지 않아서 감사하다. 이 책이 또 나에게 어떤 좋을 일들을 가져다줄지 모르겠지만 그런 설렘을 갖게 해줘서 내 인생은 오늘도 괜찮은 것 같다.

멋진 나의 오늘이
설렙니다

⋮

출판사에서 '나의오늘' 에세이 시리즈를 만든다고 했을 때, 나의 하루를 되돌아보며 일기 쓰듯 편히 쓸 수 있을 거라 생각했는데, 의외로 제게는 너무도 어려운 작업이었습니다. 오롯이 나 자신과 마주앉아 내면 깊숙이 구석구석을 살펴보는 느낌이었습니다.

오늘 하루 나의 감정들은 과거의 일과 연결된 부분이 있어서, 떠올리고 싶지 않은 장면을 꺼낼 때는 고구마 줄기처럼 뒤따라오는 여러 기억들이 마음을 아프게 했습니다.

글을 쓰면서 그동안 마음 아파했던 일도 꺼내게 되었고, 좋았던 일, 슬펐던 일들도 꺼내보았습니다. 쓰면서도 이렇게 써도 되는 건가 싶을 만큼 솔직해졌습니다. 부끄럽기도 하고 고해성사하는 것 같기도 했습니다. 사실, 내 감정을 잘 표현하지 못하는지라, 글로 쓰려고 하니 어색한 감정이 가장 컸습니다.

그런데 점점 글을 쓰다 보니 조금씩 마음이 치유되는 걸 느꼈습니다. 글을 수정하면서 몇 번을 다시 읽어보니 이제 그 일들은 내게 상처가 아니라 툭툭 털어낼 수 있는 일들이 돼버렸습니다. 내 마음을 들여다보며 스스로 괜찮다고 잘하고 있다고, 위로와 칭찬도 해줄 줄 알게 되었어요. 아마 이것이 가장 큰 소득이 아닐까 생각합니다.

에세이를 쓰면서 나의 오늘을 관찰했습니다. 그랬더니 예전에 무심코 흘려보냈던 것들도 주의 깊게 보고 듣게 되었습니다.

언젠가부터 사장님이 내게 해주신 좋은 말들을 포스트 잇에 적어 책상 주변에 붙여 놓았는데, 버리기 아까워서 다시 노트에 옮겨 적었습니다. 그때 생각했습니다.

'왜 이 말들이 내게 남았을까…'

하고 싶은 나의 일을 겨우 찾았는데, 돈 때문에 어쩔 수 없이 회사에 다시 들어가게 되었다고 생각했을 때는 내 인생이 또 꼬여가고 있다고만 생각했습니다. 그런데 직장에 들어오고 나서 코로나가 터지면서 사람들은 나에게 최고의 선택을 했다고 말합니다.

인생이란 정말 모르겠습니다. 어쩔 수 없이 간다고 생각한 길이 최고의 선택이었고, 경력단절로 보낸 5년이 버려진 시간이라 생각했는데, 그 경험을 통해서 저는 한층 성숙된 삶을 살고 있습니다.

전에는 환경을 바꿔달라는 기도를 많이 했습니다. 지금 내가 처해 있는 환경만 바꾸면 다 될 것 같았습니다. 그런데 환경이 문제가 아니었습니다. 어떤 환경이라도 나 자신이 바뀌지 않으면 그 전과 똑같다는 걸 알게 되었습니다.

아이를 낳고 키우면서 제 세상이 넓어졌습니다. 나밖에 몰랐던 사람에서 주변 사람들을 볼 줄 아는 사람으로 바뀌었습니다. 사람들의 이면을 볼 줄 알게 되고, 그 뜻을 다시 한 번 생각하게 되었습니다. 그랬더니 점점 사회생활이 편해졌습니다.

스스로 내려놓을 줄 알게 되고, 욕심을 낼 때와 버릴 때를 알게 되었습니다. 무엇이 옳고 그른지 지혜로운 사람이 되어갑니다. 내가 바뀌니 내 주변에 좋은 사람들만 모여듭니다.

전에는 잔소리처럼 들렸던 사장님 말씀이 내게 뼈가 되고 살이 되는 말로 바뀌었고, 아이 때문에 아무것도 할 수 없다고 생각했는데 내 아이 덕분에 세상이 아름다워 보입니다. 나와는 애증관계라 엄마의 말 한마디가 내 마음에 상처를 준다고 생각했는데, 내가 내 딸을 보는 마음과 똑같이 친정엄마는 내게 뭐든 다 퍼주고 싶어하고, 불구덩이라도 딸을 위해 뛰어들 사람이라고 생각됩니다.

혹시나 예전의 나처럼 경력단절로 힘들어하는 여성들이 있다면 지금 보내는 그 시간들이 자신을 성숙시켜줄 거라는 믿음을 잃지 않았으면 좋겠습니다. 여러분이 흘렸던 눈물이, 아이와 함께 보냈던 시간들이, 그리고 한 아이를 양육했던 그 인내가, 깜깜하기만 한 미래에 마음 아파하고 속상해했던 그 순간들이 당신을 훨씬 더 크고 아름답게 변화시켜줄 것입니다.

예전 모습보다 더 넉넉해진 건 옷 사이즈뿐만 아니라, 마음의 크기도 포함된다는 걸 잊지 마시길 바랍니다. 슬기로운 사회생활의 시작은 내가 변화되어야 가능합니다.

당신에게 이미 그 변화가 시작되었습니다. 당신이 보내는 오늘 하루가 그렇게 만들어줄 것입니다. 저도 되돌아보니 저의 삐뚤빼뚤 어긋난다고 생각했던 하루하루가 오늘날 저를 만들어주었더라고요. 그러니 인내하고 시작하시면 됩니다. 당신은 충분히 할 수 있습니다.

저도 되돌아보니
저의 삐뚤 빼뚤 어긋난다고
생각했던 하루하루가
오늘날 저를 만들어 주었더라고요
그러니 인내하고 시작하시면 됩니다
당신은 충분히 할수 있습니다

Thanks to

출간을 준비하며 큰일을 치르고 많이 힘들었습니다. 하지만 세상 어떤 일에도 나쁜 것들만 따라오지는 않는다는 걸 또 한번 확신했습니다. 이번 일을 통해 가족의 사랑을 다시 느끼게 되었으니까요.

독특해서 평범함을 거부했던 딸에게 위로와 안식을 주신 나의 부모님 김혁기 어르신과 송영숙 여사님, 유난스러운 언니를 두어서 별의별 경험을 다 하는 두 동생 김수나, 김희나, 그리고 든든한 힘이 되어준 제부 최영한, 신종대, 별난 인생을 늘 올바른 길로 인도해주시는 하나님께 진심으로 감사의 인사를 전합니다.

마지막으로, 사랑하는 나의 딸 세인아! 너의 존재만으로 엄마는 큰 힘이 되는구나. 엄마 딸로 태어나줘서 고마워. 네 덕분에 엄마는 더 잘 살고 싶은 생각이 든단다. 우리 행복하게 잘 살자. 진짜 사랑해. ♡